Großstadtrevier
Schattengeister

Jan Schröter

Großstadtrevier

Schattengeister

vgs

Bibliografische Information Der Deutschen Bibliothek
Die Deutsche Bibliothek verzeichnet diese Publikation in der Deutschen Nationalbibliografie; detaillierte bibliografische Daten sind im Internet über http://dnb.ddb.de abrufbar.

Das Buch »Großstadtrevier – Schattengeister« basiert auf der gleichnamigen Fernsehserie von Jürgen Roland, produziert von Studio Hamburg Produktion für Film & Fernsehen GmbH im Auftrag der ARD Werbung und des Norddeutschen Rundfunks (NDR), Redaktion: Bernhard Gleim/Ole Kampovski.

1. Auflage 2004

Redaktion: Susanne George
Produktion: Wolfgang Arntz
Umschlaggestaltung: Oliver Hanff, Köln
Titelfoto: © ARD/Thorsten Jander
Satz: Hans Winkens, Wegberg
Printed in Germany
ISBN 3-8025-3295-3

»Du bist die Lachnummer des Tages, Dirk Matthies!«

Revierchef Bernd Voss knallte mit Wucht die Zeitung auf den Schreibtisch und registrierte entnervt, dass sein Gegenüber scheinbar gelangweilt an ihm vorbei aus dem Fenster starrte, während Svenja Menzel, Dirks Dienstpartnerin, nur betreten den Blick gesenkt hielt.

»Es läuft überall im Fernsehen – die Kamera hat voll draufgehalten! Matthies, der Don Quichotte der Hamburger Polizei! Schalt das Radio ein – jeder Sender zieht dich durch den Kakao!«

Dirk straffte sich grimmig. »Na und? Ist doch mein Problem!«

»Schön wär's!«, schnaubte Voss grimmig. »Du bist Polizist! Und du warst im Dienst!« Er griff nach der Zeitung und hielt sie dicht vor Dirks Gesicht. »Volltrottel in Uniform! Das trifft alle aus unserem Verein, bis zum Innensenator hin!«

Dirk nahm seinem Chef die Zeitung aus der Hand und beförderte sie zielsicher in den nächsten Papierkorb. »Und der Innensenator hat im Polizeipräsidium angerufen und das Präsidium beim Chef des 14. Reviers. So läuft's eben. Und jetzt machst du mich rund. Danke, Bernd.«

Voss beherrschte sich nur mühsam. »Dirk ... Zwei tote Hunde. Ein Schlagersternchen mit gebrochenem Arm. Ein Dompteur mit Schleudertrauma. Diverse blaue Augen, Sachschäden und ...«

»Es reicht, Bernd!« Dirk stand abrupt auf. »Schreib mir eine Abmahnung, beurlaube mich, stifte mein Gehalt den Witwen und Waisen – aber ich höre mir das jetzt nicht mehr an!«

Die Tür des Chefbüros schloss sich geräuschvoll hinter ihm. Voss atmete tief durch, ließ sich auf seinen Stuhl zurückfallen und fixierte Svenja Menzel eindringlich.

»Du konntest es nicht verhindern?«

Sie hielt seinem bohrenden Blick stand. »Es war nicht eindeutig – zunächst jedenfalls.«

»Der Reihe nach. Ihr wart auf dem Rückweg vom Einsatz ...«

»... wir sind die Helgoländer Allee hochgefahren, am Bismarck-Denkmal vorbei ...«

»Dirk am Steuer?«

Svenja nickte. »Ich war gerade dabei, der Zentrale unser Einsatzende und die Rückkehr zum Revier durchzufunken, als Dirk voll in die Eisen stieg! Bevor ich überhaupt wusste, warum, war er schon raus aus dem Wagen!«

Voss musterte die junge Polizistin prüfend. »Ganz ehrlich, Svenja: Was genau war da zu sehen?«

Sie überlegte nur kurz. »Eine Frau, die gerade von zwei Riesenhunden umgerissen wurde – Pitbulls, richtig fiese Viecher! Sie lag da, zappelnd und schreiend, die Killerköter auf ihr drauf ..«

»Und dann kam Dirk?«

»Er hat dem einen Biest die Stiefelspitze in die Rippen gerammt! Es ist ein paar Meter weit geflogen, gegen einen Baum gekracht und liegen geblieben. Der andere Hund hat sich sofort auf Dirk gestürzt, beide sind auf die Frau gefallen. Dabei hat sie sich den Arm gebrochen.«

»Aber all diese anderen Leute – die kamen doch sofort angerannt! Und trotzdem hat Dirk noch seine Waffe gezogen?«, setzte Voss zweifelnd nach.

»Wie sollte er auf die Leute achten?« Allmählich geriet auch Svenja in Rage. »Der Pitbull lag auf ihm! Hast du den Verband an Dirks Unterarm gesehen? Wenn er nicht die Lederjacke angehabt hätte ...«

»Ist ja gut«, beschwichtigte Voss. »Er kommt also irgendwie an seine Dienstpistole, erschießt Hund Nummer zwo und will sich gerade als Retter der holden Maid feiern lassen, als dieser Tiertrainer und die versammelten Filmfritzen auf ihn losgehen!«

»Die waren ganz schön rabiat! Er hat sich nur gewehrt!«

»Da bin ich aber froh, dass er die Jungs nicht auch noch erschossen hat!«, bemerkte Voss lakonisch. »Ein Schleudertrauma, diverse blaue Augen, kaputte Leuchten und Kameras ...«

»Na und?«, brauste Svenja auf. »Niemand hat uns gesagt, dass das alles nicht echt ist! Dass da nur eine bescheuerte Sängerin einen bescheuerten Videoclip für ihren bescheuerten neuen Song dreht!«

Voss verkniff sich einen weiteren Zornausbruch, angelte die Zeitung aus dem Papierkorb, glättete sie und überflog noch einmal den großen Aufmacher auf der Titelseite.

»Popstar Inga Rosa ... Im Videoclip ihres brandneuen Songs *Rette mich!* wird man sie in vielen bedrohlichen Situationen sehen – auf dem Geländer der Köhlbrandbrücke, in einem brennenden Hochhaus oder in einer führerlos dahindonnernden Lok. Dass die Fans ihre Inga Rosa nicht im Clinch mit zwei Pitbulls erleben werden, verdanken sie dem wilden Einsatz eines schießwütigen

Schupos, der bei seinem Amoklauf der beliebten Sängerin auch noch den Arm brach ...«

»Hör auf, sonst gehe ich auch gleich!«

Voss schob die Zeitung weg und warf ihr einen forschenden Blick zu. »Hand aufs Herz, Svenja: All diese Kameras und Leute – hätte Dirk das nicht sehen müssen? Du hast sie doch gesehen, oder?«

Sie wich dem Blick nicht aus. »Ich habe sie gesehen, aber auch nicht gleich. Da lag eine Frau hilflos am Boden, und über ihr diese geifernden Bestien! Willst du wissen, was ich im ersten Moment gedacht habe?«

Der Revierchef nickte ihr aufmunternd zu.

»Ich dachte: Oh Gott, hoffentlich regelt Dirk das schnell! Ich habe eine Scheißangst vor so großen Hunden!« Sie beugte sich vor und sah ihrem Chef fest in die Augen. »Und ich fürchte, ich wäre nicht so entschlossen dazwischengegangen wie Dirk!« Energisch tippte sie mit ausgestrecktem Zeigefinger auf die Schlagzeile der Zeitung. »Trottel in Uniform – das schreibt sich so leicht! Aber hast du dir mal überlegt, was da stehen würde, wenn die Pitbulls keine Filmköter, sondern richtig durchgeknallte Kampfhunde gewesen wären, die eine harmlose Spaziergängerin zerfleischt hätten? Und wenn ein Polizist zur Stelle gewesen wäre, der sich leider nicht herangetraut hätte? Was dann wohl los wäre – und zu Recht!«

»Und wir müssen uns dann auf Streife das Gekicher und die blöden Sprüche anhören! Die Deppen vom 14. Revier! Bloß weil Dirk zu blind war!« Philip Caspersen tippte sich viel sagend an die Stirn.

Sein Kollege Lothar Krüger schüttelte missbilligend den Kopf. »Man sieht nicht immer alles! Du warst doch nicht dabei!«

Caspersen grunzte nur abfällig und wandte sich wieder dem halb fertigen Unfallprotokoll zu, das er gerade schrieb. Krüger und Matthies. Gestandene Kerle und Polizisten. Und er war ja bloß der Frischling, erst ein paar Wochen im 14. Revier. Gut – im Großen und Ganzen sind die Kollegen in Ordnung, gestand sich Philip innerlich ein. Aber speziell Dirk Matthies hatte manchmal eine Art drauf, die nervte einfach, fand Philip. So nach dem Motto: Mir kann keiner! Ich weiß alles besser, ich hab schon alles erlebt, ich hab längst alles gesehen ... Bloß nicht die Filmkameras. Und jetzt lachen alle über die Blödheit der Bullen an sich. Echt super. Normalerweise trug Philip seine Uniform mit Stolz und Selbstbewusstsein. Aber jetzt blickte er neidisch zu Hariklia Möller und Henning Schulz hinüber, die gerade das große Dienstzimmer der Wache betraten. Zivilfahnder müsste man sein, dachte Philip Caspersen. Dann bist du Polizist, aber keiner weiß es ...

»Na, ihr Schlangenbeschwörer«, begrüßte Lothar Krüger die Hereinkommenden. »Alles erledigt?«

Hariklia, von allen nur »Harry« genannt, funkelte ihren uniformierten Kollegen mit ihren braunen Augen temperamentvoll an. »Also, Lothar – wenn hier noch mal jemand auf der Wache anruft und aufgeregt meldet, er habe eben vom Balkon aus in Nachbars Garten eine riesige Schlange gesehen ...«

Henning Schulz baute sich neben Harry auf und ergänzte nachdrücklich: »... insbesondere, wenn dieser Anrufer eine nervöse alte Dame namens Ina Timm ist ...«

»... dann, lieber Lothar, bleibe doch ein bisschen länger am Telefon und frage etwas genauer nach!«, vollendete Harry, während Krügers Blick irritiert zwischen den beiden hin- und herwanderte.

»Was – keine Schlange?«

Henning klatschte demonstrativ Beifall. »Keine Schlange! Aber ein Löschzug der Freiwilligen Feuerwehr, ein Reptilienexperte vom Tropeninstitut, ein Einsatzteam des Tierheims Süderstraße – na ja, und wir beide dann auch noch ...«

»Keine Schlange? Was war es dann?«

Harry grinste. »Nachbars neuer, gelb-rot geringelter Gartenschlauch! Frau Timms Augen sind leider nicht mehr die besten!«

Krüger stand völlig verdattert da und ließ das Gelächter der versammelten Kollegen über sich ergehen. Telefongeklingel löste seine Erstarrung, er nahm den Hörer auf und wandte sich ab, um besser verstehen zu können.

»Wenigstens hat Lothar nicht Dirk zu der alten Dame geschickt!«, feixte Henning in ungebremster Heiterkeit. »Der hätte glatt den Gartenschlauch erschossen!«

Plötzlich herrschte angespannte Stille – alle blickten an Henning vorbei auf Dirk, der sich unbemerkt hinter den Zivilfahnder geschoben hatte und ihn jetzt kalt musterte.

»Du bist ja ein richtiger Komiker, Henning. Du kommst bestimmt noch ganz groß raus – wo wir doch jetzt so im Blickpunkt der Öffentlichkeit stehen.«

Henning grinste ihn an, etwas verunsichert. »Immer locker, ja? Das musst du schon vertragen können!«

Lothar Krüger schob sich energisch dazwischen. »Hört endlich auf damit! Dirk, Herbert Lornsen ist mal wieder aus dem Altersheim abgehauen! Den hast du doch schon öfter aufgesammelt – fährst du mit Svenja los?«

Dirk nickte kurz, warf Henning noch einen schiefen Blick zu und ging. Die Kollegen zerstreuten sich, jeder nahm seine Arbeit wieder auf. Harry boxte ihrem Partner missbilligend in die Rippen. »Das war echt nicht nötig! Es trampeln sowieso schon alle auf dieser Sache herum!«

Henning zuckte mit den Achseln. »Dann kommt's auf mich doch nicht mehr an!«

Dirk fädelte, mehr instinktiv als bewusst, den Streifenwagen 14/2 stadtauswärts durch den mehrspurigen Verkehr am Högerdamm. Überall neue, glitzernde Chrom-und-Glas-Fassaden, registrierte er. Die halb verfallenen, altersgrauen Betriebsgebäude aus den Kindertagen der Hamburger Eisenbahn, die noch vor gar nicht langer Zeit auf der rechten Seite vor sich hin rotteten, gab es nicht mehr. Vermutlich kein Verlust, aber Dirk störte es trotzdem. Heute hui, morgen pfui. Gilt für Backstein genauso wie für Polizeiobermeister. Dirk presste grimmig die Lippen aufeinander. Der Spott irgendwelcher Schreiberlinge oder Radio-Dampfplauderer war ihm egal. Doch Hennings Bemerkung hatte ihn mehr getroffen, als er zugeben würde. Das war mehr gewesen als eine harmlose Frotzelei unter Kollegen – man konnte die Schadenfreude durchaus heraushören. Einem jungen, noch neuen Kollegen wie Philip Caspersen könnte man so etwas nachsehen, aber einem jahrelangen Weggefährten wie Henning ...

Dirk spürte, wie ihn Svenja Menzel vom Beifahrersitz aus verstohlen musterte. Er zwang sich zur Lockerheit und grinste ihr verkniffen zu.

»Und? Denkst du gerade daran, ob es nicht besser ist, den Dienstpartner zu wechseln, bevor er dir die Karriere versaut?«

Sie streckte ihm kess die Zunge heraus. »Wieso? Wo ich jetzt genau weiß, was du kannst ...«

»Ach ja? Was denn?«

»Mich beschützen, wenn die großen Hunde kommen!«

Sie grinsten einträchtig, dann zwinkerte Svenja ihrem Kollegen aufmunternd zu. »Im Ernstfall hättest du einen Orden gekriegt – jetzt bist du eben der Volltrottel! Haken wir es ab, Dirk.«

Dirk zwinkerte zurück. Schwer in Ordnung, die Deern. Sie fuhren noch nicht lange zusammen – erst, seit Anna Bergmann, Dirks langjährige Dienstpartnerin, in die Babypause gegangen war. Bisher war die Zusammenarbeit mit der Neuen ziemlich reibungslos gelaufen. Aber erst in der Krise merkt man, wo die eigenen Indianer stehen, überlegte Dirk – und Svenja auf seiner Seite zu wissen hob seine Laune beträchtlich.

»Wahrscheinlich steht Opa Lornsen wieder an seinem Stammplatz«, spekulierte Dirk.

»Haut der oft aus dem Altersheim ab?«, erkundigte sich Svenja.

»Regelmäßig!«, antwortete Dirk.

»Und warum sammeln die ihn nicht selbst wieder ein?«

»Zu wenig Personal! Wenn von denen auch nur einer während der Dienstzeit weggeht, bleiben die armen Omis noch länger auf der Bettpfanne sitzen!«

»Von allein kommt Lornsen nicht zurück? Ist er verwirrt?«

»Verwirrt ist gar kein Ausdruck«, schmunzelte Dirk. »Der würde sich sogar in einer Telefonzelle verlaufen! Das Irre ist: Zum Billhorner Röhrendamm findet der Alte den Weg jedes Mal völlig problemlos.«

Der alte Mann tappte vorsichtig über den buckligen Asphalt. Das gehört hier nicht hin, fuhr es ihm durch den Sinn. Das war früher nicht da! Es flimmerte ihm vor Augen. Reifen quietschten empört, Stoßstangen schnappten nach seinen zitternden Knien. Er hörte es nicht, sah es nicht. Buckel im Asphalt. Schwarz, ausgeglüht, formlos verklebt mit Teer und Asche ...

»Hey! Guckt euch den Spinner an!« Männer in grober Arbeitskleidung ließen Werkzeug und Gerät sinken, schoben Schutzhelme ins Genick, wischten sich ungläubig den Schweiß von der Stirn und starrten gebannt auf die zittrige Gestalt, die schlafwandlerisch den dichten Verkehr auf dem viel befahrenen Baustellenschwenk durchquerte – begleitet von Hupen, Bremsen und saftigen Flüchen.

Jetzt rauschte endlich ein Polizeiwagen heran, stieß mit kurz aufjaulender Sirene und zuckendem Blaulicht eine Schneise in den Verkehr und parkte hinter dem Baustellenschwenk auf dem Bürgersteig, nachdem der orientierungslose Alte das rettende Ufer erreicht hatte.

»Das ist Herbert Lornsen!« Dirk setzt sich seine Dienstmütze auf und öffnete die Tür.

»Hab ich mir irgendwie gedacht«, kommentierte Svenja lakonisch und folgte ihm. Lornsen stand zitternd am Rand der Baustellenumgehung, die auf einer Länge von gut fünfzig Metern genau dort verlief, wo sich sonst der Fußweg befand.

»Wahrscheinlich hat ihn diese Umleitung völlig aus dem Konzept gebracht«, meinte Dirk. »Sonst steht er nämlich immer genau hier auf dem Fußweg und starrt Löcher in die Gegend. Herr Lornsen!«

Der Alte hörte seinen Namen und wandte sich den herankommenden Polizisten zu. Im selben Moment röhrte ein Schwerlastzug nur Zentimeter an ihm vorbei, der Boden vibrierte und Lornsen schlug sich, verängstigt wimmernd, die Hände vors Gesicht.

»Ruhig, Herr Lornsen!« Dirk legte ihm den Arm um die Schultern und führte ihn langsam fort vom Straßenrand. Vorsichtshalber hakte Svenja den Alten auf der anderen Seite unter. Haut und Knochen, dachte sie. Kein Wunder, dass der zittert!

Lornsen blieb erschöpft stehen und rang nach Luft. »Das waren die Großen ... Jetzt geht's gleich los ...«

Die Polizisten wechselten einen schnellen Blick, Dirk zog viel sagend die Brauen hoch – völlig gaga, der Mann ...

Svenja klopfte Lornsen beruhigend auf die Schulter. »Atmen Sie mal tief durch, Herr Lornsen! Und wenn es Ihnen besser geht, setzen wir uns in unser bequemes Auto.«

Lornsen nickte stumm und atmete tief. Dirk blies die Wangen auf und ließ den Blick schweifen. Downtown Rothenburgsort. Zerbombt, zersiedelt, verbaut. Es gab wahrlich schönere Ecken in Hamburg. Aber diese erschien ihm doch lebensechter zu sein als gewisse Schnöselquartiere.

»Nicht gerade ein romantischer Treffpunkt für ein Rendezvous!«, unterbrach Svenja seine heimatkundlichen Überlegungen.

»Bitte?«

»Dahinten – der Rosenkavalier.«

Kurz vor dem Baustellenschwenk verharrte gedankenversunken ein seriös gekleideter Endvierziger, eine langstielige rote Rose in der Hand. Dirk kniff die Augen zusammen und spähte hinüber. »Den kenne ich! Der ist mit einer alten Bekannten von mir verheiratet. Petra und Jörn – hab die beiden aber schon ewig nicht gesehen ...«

»Dann sind sie vielleicht gar nicht mehr zusammen ... Uups!«

Der Mann bückte sich und ließ die Rose durch ein Gullygitter fallen. Als er sich wieder aufrichtete, sahen die Polizisten deutlich seinen Gesichtsausdruck: resigniert und ohne Hoffnung.

»Die Dame kommt wohl nicht mehr«, stellte Dirk trocken fest und wandte sich wieder dem Alten zu. »Na, Herr Lornsen, geht's denn wieder?«

Lornsen nickte nur stumm. Dirk und Svenja wollten ihn gerade unterhaken – da ließ sie ein prasselndes Geräusch jäh herumfahren: Eine große Mulde teilte plötzlich die Umleitungsfahrbahn, ein cremefarbener Schulbus taumelte auf abgesacktem Grund, die Achsen eingebrochen und der Motor sinnlos aufjaulend, während links und rechts der Grube zwei, drei Wagen nur mit knapper Not noch am Hindernis vorbeischossen. Endlich stand der Verkehr, für einen Moment hielt alles den Atem an. Dirk fing den entsetzensstarren Blick des Schulbusfahrers auf, der wie vom Donner gerührt hinter seinem Lenkrad verharrte – dann gab der brüchige Boden nach, der Kleinbus neigte sich zur Seite und verschwand in unbekannter Tiefe, begleitet von entsetzten Schreien.

»Schlag Alarm!« Dirk ließ Lornsen und Svenja stehen und hetzte los. Am Rand der Grube erkannte er, dass der Kleinbus auf der Seite lag, in etwa drei, vier Metern Tiefe. Bis zur oberen Flanke des Busses waren es nicht viel mehr als zwei Meter, schätzte Dirk und zögerte nicht lange – mit einem beherzten Satz stieß er sich ab und landete federnd auf der Seitenfront des Fahrzeugs. Fieberhaft riss er an dem Riegel der Seitentür. Tatsächlich bewegte sich die Tür und ließ sich beiseite schieben. Dirk sah in ein panisch verzerrtes Kindergesicht mit Augen, die ins Nirgendwo gerichtet schienen.

»Hilfe! Hilfe!« Schon drängte sich der Junge an Dirk vorbei, purzelte die verbeulte Karosserie hinunter und verschwand in der Dunkelheit. Dirk glitt in das Innere des Wracks hinein. Der Fahrer rappelte sich gerade stöhnend auf und rieb sich den Schädel.

»Sind Sie okay?« Dirk half ihm auf die Beine und sah sich suchend um. »Wo sind Ihre Passagiere?«

Der Mann brauchte einen Moment, bis er die Frage beantworten konnte. »Ein Kind ... der kleine Lukas ... er ist blind!«

»Warten Sie hier! Es kommt gleich Hilfe!« Dirk kletterte aus dem Wrack und ließ sich auf den Boden der Grube hinunter. Von oben schoben sich Leitern über den Rand, ein Seilende flatterte herab. Erst jetzt erkannte Dirk, dass die Seitenwände der Grube gemauert waren. Verwitterter Backstein – ein Tunnel! Das bedeutete, dass der Junge in seiner Panik entweder in die eine oder in die andere Richtung gelaufen sein konnte. Kurz entschlossen schlug Dirk den Weg nach vorn ein.

»Lukas?«

Die Sicht wurde schlechter, das Licht aus der Einsturzstelle reichte nicht weit. Dirk tappte vorsichtig die Wand entlang. Sie war feucht und schmierig.

»Lukas!«

Plötzlich prallte er gegen eine solide Mauer! Sackgasse, dachte Dirk, der Junge ist in die andere Richtung gerannt! Er machte kehrt.

Am Bus machten sich bereits einige Helfer zu schaffen. Zwei kräftige Bauarbeiter stützten den benommenen

Fahrer. Auch Svenja stand neben dem Wrack und leuchtete mit einer Stablampe hinein. »Ist da noch jemand?«, rief sie ihrem Kollegen entgegen.

Dirk eilte zu ihr. »Ein blinder Junge. Er schien unverletzt zu sein, steht aber bestimmt unter Schock! Er muss da lang sein.«

»Ich helf dir! Feuerwehr und die Kollegen sind gleich da, und der Fahrer hier hat zum Glück nicht viel abgekriegt ...«

Dirk schüttelte den Kopf und wies nach oben, wo sich am Rand der Einsturzstelle immer mehr neugierige Köpfe zeigten. Eben glitten wieder zwei Gestalten die Leitern hinab. »Ich finde ihn schon. Kümmere dich darum, dass hier nicht alle herumlatschen! Sonst bricht sich wirklich noch jemand ernsthaft die Gräten!«

Svenja nickte einvernehmlich und drückte dem Kollegen die Stablampe in die Hand. Schon drang Dirk in das feuchte Dunkel des Stollens vor.

»Lukas?«

Sein Ruf verhallte, er ging weiter. Auch der Boden war gemauert, registrierte Dirk. Allerdings war er zum größten Teil mit Schutt und Trümmern übersät. Gut, dass Svenja die Stablampe aus dem 14/2 mitgebracht hatte. Plötzlich stutzte er: War da vorne ein Lichtschein? Er knipste schnell die Lampe aus und spähte angestrengt in die Dunkelheit. Da war nichts. Dem Jungen würde Licht sowieso nichts bringen, überlegte Dirk – er ist ja blind ...

Klägliches Wimmern riss ihn aus den Gedanken. Er knipste die Lampe wieder an, leuchtete in die Richtung der Jammerlaute und sah Lukas' gekrümmte Knabengestalt an einen steinigen Schutthaufen gelehnt sitzen. Mit wenigen Schritten war er bei ihm.

»Lukas! Bleib ruhig! Ich bin Polizist!«

Die blinden Augen wandten sich ihm zu. Zwischen gepressten Schluchzern stöhnte der Junge: »Warum reden Sie erst jetzt mit mir? Ich hab solche Angst ...«

»Erst jetzt?« Dirk war irritiert. »Ich hab dich gerade erst gefunden, mein Junge!«

»Ich weiß nicht, was passiert ist ...!«

»Der Bus hatte einen Unfall und ist in eine Grube gerutscht, aber keine Sorge – ich führe dich hier raus, dann ist gleich wieder alles in Ordnung!«

Lukas rieb sich den Knöchel. »Ich kann nicht gehen – ich bin eben mit dem Fuß umgeknickt!«

»Lass sehen!« Dirk trat neben den Jungen, legte die Stablampe auf einem niedrigen Schutthaufen ab und erstarrte: Der Lichtkegel brach sich auf einem grinsenden Totenschädel, gruselig hinterlegt von der überdimensionalen Projektion des eigenen Schattens auf dem rissigen Gemäuer dahinter!

»Mann in de Tünn!«, entfuhr es Dirk.

Lukas drückte sich ängstlich an die Wand. »Was ist denn?«

Dirks Gedanken rasten. Er musste zuerst einmal den Jungen hier herausbringen! Der Schädel konnte warten, bis die Kollegen von der Kripo kämen. Zu wem auch immer der skelettierte Kopf gehört haben mochte – er war schon ziemlich lange tot. Da kam es auf ein paar Minuten wohl kaum an ... Entschlossen bückte er sich zu Lukas hinunter.

»Komm, ich trage dich!« Dirk fasste den Jungen unter und hob den kleinen Körper an – da erlosch das Licht und er stand im Dunkeln. Die verdammte Lampe! Er setzte Lukas wieder ab, der sich verängstigt erkundigte: »Bin ich zu schwer?«

»Unsinn!« Dirk tastete schon nach der Stablampe.

»Ich will mir nur noch meine Lampe an den Gürtel hängen!« Hier war der Schutthaufen – aber es lag keine Lampe mehr darauf. Runtergefallen, dachte Dirk und tappte um den Haufen herum. Keine Lampe. Weggerollt?

»Können wir endlich los?« Lukas' Stimme zitterte.

»Klar!« Sie würden es auch so schaffen. Wenn er vorsichtig und langsam gehen würde ...

Stück für Stück ertastete sich Dirk mit dem bebenden Jungen auf dem Arm den Weg zurück, bis ihm das einfallende Licht an der Einsturzstelle und die Rufe der arbeitenden Helfer die Orientierung erleichterten. »Da ist noch jemand«, flüsterte ihm Lukas plötzlich ins Ohr. »Ich kann ihn hören!«

Dirk blieb stehen und lauschte gespannt. Es lief ihm kalt über den Rücken, obwohl er nichts Auffälliges vernahm. Oder doch: ein schweres Atmen, fast ein Stöhnen, die Ahnung einer Gestalt – dann erhellte das flackernde Flämmchen eines angerissenen Streichholzes das zerfurchte Gesicht Herbert Lornsens! Mit weit aufgerissenen Augen stierte er Dirk an, ohne ihn zu erkennen.

»Sanna! Hier bist du, Sanna ...!«

Das Streichholz fiel zu Boden und erlosch. Mühsam hielt Dirk den Jungen jetzt mit einem Arm, mit der freien Hand packte er den alten Mann beim Mantel und zog ihn hinter sich her. »Meine Güte, Lornsen, Sie haben mir hier gerade noch gefehlt!«

Auf den letzten Metern vor der Unglücksstelle kam ihm Svenja entgegengeeilt. »Dirk! Oje, Herr Lornsen – den hab ich glatt vergessen!«

Der Alte klammerte sich panisch an ihr fest. »Sanna! Sanna!«

»Völlig neben der Spur«, kommentierte Dirk.

Svenja löste sich aus Lornsens Umklammerung und

musterte ihn mitleidig. »Ich setze ihn oben in den 14/2. Der Krankenwagen für den Jungen ist auch schon da!«

Sie nahm den Alten bei der Hand und wollte schon los, da hielt Dirk sie kurz zurück. »Du musst Lornsen alleine zum Altersheim fahren, Svenja! Ich bleibe hier. Wenn du im Wagen bist, alarmiere bitte die Kripo! Dahinten gibt es etwas – das sollen sie sich mal ansehen.«

Im Dienstraum des 14. Reviers herrschte Hochbetrieb. Verlorene Fahrräder, entlaufene Katzen, der laute Fernseher von nebenan – es gab fast nichts, worum sich die Beamten nicht zu kümmern hatten. Irgendjemand musste sich doch dieser dringenden, unaufschiebbaren, ohne Amtsgewalt schlechthin nicht zu bewältigenden Sorgen annehmen. Wozu zahlte man schließlich Steuern?

»Und dann hatte das Weib noch die Frechheit, Herr Wachtmeister ...«

»Das war Absicht, hab ich genau gesehen!«

»Gestern war es noch da!«

Die Zivilfahnder Harry Möller und Henning Schulz bugsierten eine zeternde, elegant gekleidete Frau vor sich her durch das Chaos.

»Unerhört! Ich will meinen Anwalt!«

»Sie kriegen sogar einen Arzt!«, grinste Henning.

»Und einen Einlauf!«, schmunzelte Harry und zwinkerte Lothar Krüger verschmitzt zu, der neugierig herübersah. »Ist das Einzelzimmer frei?«

»Nur noch das ohne Seeblick«, versetzte Lothar trocken. »Was liegt an?«

»Die Dame hat beim Juwelier Ruschke lange Finger gemacht und heimlich einen Diamantring eingesteckt. Er hat es gesehen und uns gerufen, damit wir ihre Taschen durchsuchen ...«

»Und Sie haben nichts gefunden!«, zeterte die elegante Dame dazwischen.

Harry wurde es langsam zu bunt. »Jetzt halten Sie mal die Luft an! Glauben Sie, ich hätte nicht mitgekriegt, wie Sie den Ring kurzerhand verschluckt haben?«

Lothars Blick wanderte viel sagend vom Gesicht der eleganten Dame über ihr Chanel-Kostüm herab und ruhte auf ihrem Magen. »Das nennt man wohl einen exquisiten Geschmack!«

»Machen Sie sich nur lustig!«, geiferte die Dame. »Sie sind ja schlimmer als die Gestapo! Ich will keinen Arzt und kein Klistier!« Jetzt schrie sie aus vollem Hals. »Folterknechte!«

Für einen Moment herrschte überraschte Stille im Raum – dann wandte sich jeder wieder unverdrossen seinen persönlichen Verhandlungen zu. Harry strich sich zornig die dunklen Locken aus dem Gesicht und reckte ihre zierlichen Einssechzig zu voller Größe. »Seh ich irgendwie arisch aus?«

»Wie eine Wagnersche Walküre!«, bestätigte Henning. »Blond, gebärfreudiges Becken und Augen so blau wie das Nordlicht!«

»Idiot!« Energisch zerrte Harry die ungebremst lamentierende Juwelendiebin hinter sich her zum Flur, gefolgt von ihrem vor Heiterkeit prustenden Kollegen. Da ist die elegante Schnepfe aber an die Falsche geraten, dachte Lothar. Harry sah nett und harmlos aus, doch wer sie veräppeln wollte, durfte sich auf etwas gefasst machen! Mit schnellem Rundblick überflog er prüfend das betriebsame Geschehen im Raum. Ich glaub, ich mach 'ne schnelle Kaffeepause, überlegte er sich – da klingelte neben ihm das Telefon auf dem Tresen. Bloß weg, dachte Lothar und entfernte sich rasch. Soll doch Philip rangehen ...

»14. Revier, Caspersen!« Philip hielt den Hörer sofort wieder ein Stück auf Abstand, als eine schrille Frauenstimme markerschütternd an sein Ohr drang.

»Hilfe! Schnell! Kommen Sie!« Jetzt war nur noch schweres Atmen zu vernehmen.

»Hallo? Bitte beruhigen Sie sich!« Philip zog eilig einen Notizblock zu sich heran und zückte einen Schreiber. »Was ist passiert?«

»Eine Schlange!«

Die schon wieder!, durchzuckte es Philip. Wie hieß die kurzsichtige Oma doch noch? »Frau Timm, nicht wahr?«, fiel es ihm wieder ein.

Die Anruferin zeigte sich verblüfft. »Nein – eine Schlange, sagte ich!«

»Ihr Name, meine ich«, erklärte Caspersen geduldig.

»Behnke, Helga Behnke – Sibeliusstraße 24 ...«

Doch nicht die Alte mit dem Gartenschlauch. War auch eine ganz andere Gegend. »Ist die Schlange noch da, Frau Behnke?«

»Bin ich denn bescheuert und nehm das Biest mit in meine Wohnung? Sie haben Nerven, junger Mann!«

Philip verdrehte entnervt die Augen. »Vielleicht erzählen Sie mir einfach mal alles der Reihe nach, okay?«

Helga Behnke ließ sich nicht zweimal bitten. Sie hat das Treppenhaus gescheuert, macht ja heutzutage sonst keiner mehr, nicht wahr? Sie ist zwar 82, aber das Treppenhaus schafft sie immer noch mit links! Einen Weltkrieg mitgemacht, vier Gören großgezogen, aber die leben jetzt woanders, und ihr Mann, Gott hab ihn selig, liegt nun auch schon fünfzehn Jahre in Ohlsdorf. Jedenfalls, sie scheuert die Treppe und stellt den Topf mit dem Gummibaum beiseite – der steht da bald seit zwanzig Jahren, was der schon alles mitgemacht hat, ist wahrscheinlich genauso robust wie sie, haha – jedenfalls, der Gummibaum, und da züngelt sie diese Kreatur an, giftgrün und garantiert lebensgefährlich! Sie sofort den Schrubber aus dem Eimer gerissen und Attacke – man ist zwar 82, aber ein Weltkrieg und vier Gören, junger Mann, da geht immer noch was! – aber so viel sie auch herumstochert, nix mehr. Einfach verschwunden, das Biest. Aber es war da, das könne er glauben! Tüddelig ist sie noch lange nicht ...

Philip nutzte die nächste Atempause, um den fulminanten Redeschwall zu unterbrechen. »Hat Ihr Wohnblock einen Hausmeister, Frau Behnke? Können Sie ihn erreichen?«

Die alte Dame besann sich nur kurz. »Sicher. Aber der junge Schnösel geht mir immer aus dem Weg.«

Kann ich ihm nicht verdenken, dachte Philip. Wenn du den auch immer so vollschwallst ... »Wenden Sie sich an den Hausmeister. Der soll einfach noch mal im Treppenhaus nachsehen! Sie dürfen ihm ausrichten, das sei eine polizeiliche Anordnung!«

»Das mach ich!«, tönte es erfreut aus dem Hörer. »Dem werd ich Beine machen!«

Das glaube ich unbenommen, dachte Philip, beendete das Gespräch mit einem freundlichen Gruß und schlug innerlich drei Kreuze. Wenigstens hatte er es abgebogen, dass ein Kollege da hinfahren musste. So eine Olle wie die alte Behnke kann eine Streifenwagen-Besatzung für Stunden festquatschen. Das sollte jemand mal ausrechnen, wie viel so etwas den Steuerzahler kostet! Gute Arbeit, Caspersen, gratulierte er sich selbstzufrieden.

Das gute Gefühl verflog im Nu, als Philip das besorgte Gesicht seines Revierchefs entdeckte. Bernd Voss winkte ihn energisch herbei und signalisierte auch Lothar, der eben wieder den Dienstraum betrat, dass Eile geboten sei.

»Zwei Streifenwagen müssen raus!«, wies Voss an. »Ihr beide fahrt mit! Billhorner Röhrendamm.«

»Was ist da los?«, erkundigte sich Lothar.

»Plötzliche Fahrbahnabsenkung! Ihr müsst euch um das Verkehrschaos kümmern! Aber das ist scheinbar noch nicht alles ...« Er runzelte sorgenvoll die Stirn. »Svenja und Dirk sind da draußen. Sie haben die Kripo angefordert!«

Im gleißenden Licht eilends installierter Bauscheinwerfer lag der Kleinbus unverändert auf der Seite, die vier Räder von sich gestreckt wie erstarrtes Gebein. Technische Sachverständige und Spurensicherer überprüften das Wrack, schätzten Winkel und vermaßen Entfernungen. Kommissar Weber von der Mordbereitschaft Drei musterte verwundert die gemauerten Wände und wandte sich an den Polizisten, dessen Alarm ihn und seine Mitarbeiter in diese Katakomben herabgerufen hatte.

»Was ist das hier? Ein Keller?«

»Ein alter Wasserkanal, schätzt der Bauleiter.« Dirk wurde langsam ungeduldig. »Was ich Ihnen zeigen will, liegt ein Stück weiter hinten. Kommen Sie!«

Missmutig stapfte Weber dem mit einer starken Lampe vorausleuchtenden Polizisten nach, durch Schutt, Staub und ölige Wasserlachen. Wieder ein paar Schuhe ruiniert, fuhr es ihm durch den Sinn. Wenn der Schupo auch für ihn eine Lampe übrig gehabt hätte, ließe sich um manches Schlammloch sicher ein Bogen schlagen, aber so ... Matthies vom 14. Revier. Weber war sich ganz sicher, den Mann noch nie gesehen zu haben. Andererseits schien ihm der Name seltsam vertraut zu sein. Matthies vom 14. Revier ...

»Moment mal!« Dirk stoppte so abrupt, dass Weber fast in ihn hineinlief. Der Lichtkegel der Stablampe beleuchtete einen niedrigen Schutthaufen, ein paar zerbrochene Ziegel und den nackten Boden.

»Was ist denn nun?«, drängelte Weber.

Der Lichtkegel begann zu wandern, beschrieb immer größere Kreise. Dirk war ratlos. »Hier hat vorhin ein Totenkopf gelegen, ein skelettierter Schädel! Genau hier!«

Matthies vom 14. Revier! Weber wusste plötzlich wieder, woher er den Namen kannte – der Uniformdepp aus der Morgenzeitung! »Matthies – Sie sind der Schupo, der gestern diese Dreharbeiten geschmissen hat, stimmt's?«

»Das spielt doch jetzt keine Rolle!« Dirk leuchtete fieberhaft in alle Ecken. Der Schädel konnte nicht weg sein, das gab's einfach nicht!

Kommissar Weber sah im diffusen Widerschein des Lichtstrahls, wie kleine Schweißtropfen über die dreckverschmierte Stirn des Polizisten liefen. Der Mann ist völlig fertig, dachte er. Bedauernswert.

»Vielleicht haben Sie einen Stein für einen Schädel gehalten«, versuchte er vorsichtig eine Brücke zu bauen. »Bei der Finsternis ...«

»Es war ein menschlicher Schädel!«, beharrte Dirk. »Genau hier! Zwei Meter vor mir!«

»Es war niemand außer Ihnen hier?« Immer sachlich bleiben, überlegte Weber. Der Mann ist ganz offensichtlich im Ausnahmezustand!

Dirk schüttelte den Kopf. »Hier hinten war nur der Junge! Und ich habe selbst darauf geachtet, dass keiner weiter als bis zum kaputten Bus geht!«

»Damit wäre dann ja wohl klar, dass Sie sich getäuscht haben müssen, Matthies!« Unverständlich, dass der Kerl noch im Dienst war! »Ich weiß zwar noch nicht, was ich in meinen Bericht schreibe, aber ich halte die Klappe, okay? Sie haben ja schon genug Ärger.«

»Wir brauchen mehr Lampen!«, ließ Dirk nicht locker.

Kommissar Weber musterte ihn distanziert. »Gut. Wie Sie wollen. Meine Jungs leuchten hier alles durch. Aber wenn sie nichts finden, Matthies ...«

Lothar Krüger wischte sich den Nieselregen von der Stirn und fluchte innerlich. War ja klar: Wenn er schon mal Außendienst schieben musste, fing es prompt an zu regnen! In dem langen weißen Mantel mit blinkenden Sicherheitslampen fühlte er sich wie ein wandelnder Weihnachtsbaum. Wenigstens war gerade die Ablösung gekommen, nachdem er mit Caspersen und einigen anderen Kollegen die Unglücksstelle abgesperrt und den Verkehr weiträumig umgelenkt hatte. Trotzdem – wenn der Feierabendverkehr erst richtig einsetzt, gibt es Chaos, überlegte er. Zum Glück habe ich dann schon Dienstschluss ...

Philip Caspersen fand das alles sehr spannend. Mitten in der Großstadt plötzlich eine Art Erdrutsch, der ein ganzes Auto verschluckt! Absichern und dafür sorgen, dass nicht noch mehr passiert, das war eine sinnvolle Aufgabe. Um bei so etwas mitzumischen, dafür war er Polizist geworden.

Der 14/2 hielt neben der Absperrung. Svenja Menzel stieg aus und trat zu ihren Kollegen. »Ist die Kripo noch da?«

»Die krauchen immer noch da unten rum«, bestätigte Lothar. »Dirk auch. Was suchen die eigentlich?«

»Hat Dirk mir nicht gesagt ...« Svenja unterbrach sich und sah zur Unglücksstelle hinüber. »Da kommen sie!«

Die Polizisten gingen neugierig zu der klaffenden Grube hinüber, neben der jetzt Kommissar Weber und seine Mitarbeiter mit finsteren Mienen ihre verdreckten Anzüge auszuklopfen versuchten. Dirk Matthies starrte hinunter auf das Autowrack, ohne seine herankommenden Kollegen wahrzunehmen.

»Sie haben selbst gesehen, dass da nichts ist!« Weber war mit seiner Geduld am Ende. »Was die Fahrbahnabsenkung anbelangt – das ist eine Frage für die Techniker. Aber das andere ... Sie sehen Gespenster, Matthies! Mein Bericht wird entsprechend ausfallen.« Er gab seinen Mitarbeitern einen Wink. »Das war's, Leute!«

Die Kriminalbeamten entfernten sich, ohne die Kollegen von der Schutzpolizei noch eines Blickes zu würdigen. Dirk spürte die fragenden Blicke der anderen genau und straffte sich.

»Da unten lag vorhin ein Totenschädel. Auf bloßem Boden. Einfach so. Und wenn ihr hundertmal denkt, ich bin durchgeknallt – ich weiß, was ich gesehen habe!« Er wandte sich abrupt ab und strebte dem geparkten 14/2 entgegen.

Svenja atmete tief durch und folgte ihm – Lothar und Philip wechselten einen konsternierten Blick.

»Der war wohl als Kind zu oft in der Geisterbahn!«, versuchte Caspersen flau zu flachsen.

Lothar kratzte sich nachdenklich am Kinn. »Normal ist das nicht ...«

Svenja zog die Beifahrertür hinter sich zu und schnallte sich an. Es regnete jetzt stärker. »Zurück zur Wache?«

Dirk reagierte nicht, sondern starrte auf die Frontscheibe, über die der Regen in Strömen lief. Plötzlich sah er zu Svenja hinüber. »Was hast du mit dem alten Lornsen gemacht?«

»Im Altersheim abgeliefert, was denkst du denn! Der arme Mann war völlig fertig. Die haben ihm gleich ein Beruhigungsmittel verpasst.«

»Er war auch unten in dem Tunnel! Vielleicht ...«

Svenja schüttelte den Kopf. »Dirk, ich glaube dir ja, was du gesehen hast! Aber falls Lornsen den Schädel an einen anderen Platz gelegt hätte – warum habt ihr ihn dann nicht gefunden? Und mitgenommen hat er ihn nicht, das hätte ich ja wohl gemerkt!«

Innerlich musste Dirk seiner Kollegin Recht geben. Trotzdem ... »Hat Lornsen auf der Fahrt noch was gesagt?«, bohrte er nach.

»Der wusste überhaupt nicht mehr, wo er war. Völlig durch den Wind! Mich hat er die ganze Zeit mit irgendeiner Sanna verwechselt!«

So hatte der Alte Svenja vorhin schon im Schacht genannt, erinnerte sich Dirk. Sanna. Er startete den Motor.

»Soll ich Bescheid geben, dass wir zur Wache zurückkommen?«, fragte Svenja und langte schon nach dem Funkmikrofon.

»Wir fahren zu Lornsen«, erklärte Dirk entschlossen und erntete einen zweifelnden Blick seiner Partnerin.

»Wieder ins Altersheim? Was bringt das?«

»Ist doch interessant zu sehen, wo man später mal hinkommt ...«

»Du eher als ich«, versetzte Svenja trocken und lehnte sich zurück, während Dirk den Streifenwagen an der Absperrung vorbei auf die Straße rangierte.

»Herr Lornsen schläft wahrscheinlich. Jedenfalls wäre ich froh, wenn er schlafen würde! Er hat die Ruhe bitter nötig.«

»Es dauert nicht lange, Frau Rathjens!« Dirk ließ nicht locker. »Es geht nur um ein paar kleine Fragen! Wenn er schläft, haben wir eben Pech gehabt!«

Die Leiterin des Altenheims »Rosengarten« rang nur kurz mit sich. Es kam immer wieder mal vor, dass einer der alten Bewohner orientierungslos in der Gegend umherirrte. Dann war sie auf die Hilfe von Polizeiobermeister Matthies und seiner Kollegen angewiesen.

»Kommen Sie!«

Svenja und Dirk folgten der Frau durch kahle Flure, vorbei an vertrockneten Zimmerpflanzen und grauen Greisengesichtern. Vor einer Tür blieb Frau Rathjens stehen, klopfte kurz, öffnete und lugte hinein. »Herr Lornsen?« Sie stieß die Tür ganz auf und winkte die Polizisten herein. »Er schläft noch nicht!«

Lornsen lag im Bett und starrte zur Decke. Tiefe Falten zeichneten dunkle Linien in sein Gesicht, über der spitzen Nase spannte sich die Haut wie Pergament. Dirk trat ans Bett heran und versuchte, die Aufmerksamkeit des Alten auf sich zu lenken. »Herr Lornsen?«

Der Blick des Alten wanderte für einen Moment zum Gesicht des Polizisten hinüber, dann glitt er zurück ins Leere.

»Herr Lornsen – weshalb sind Sie vorhin in diese Grube geklettert?«

Keine Reaktion.

»Was genau haben Sie gesehen, als Sie da unten waren? Bevor ich Sie getroffen habe? Bitte, Herr Lornsen!«

»Vielleicht kommen Sie besser morgen noch einmal«,

schlug Frau Rathjens vor. »Das Beruhigungsmittel hat anscheinend schon gut angeschlagen.«

Einer plötzlichen Eingebung folgend, beugte sich Svenja weit über den Alten, bis sie ihn Auge in Auge fixieren konnte. »Wo ist Sanna?«

Als hätte jemand einen Schalter umgelegt, war Lornsen schlagartig hellwach, angespannt bis in die Fingerspitzen. Seine dürren, knochigen Fäuste verkrampften sich über der Bettdecke, der Atem flog heftig. In heller Aufregung presste er gebetsmühlenartig hervor: »Ich sag es nicht! Das sag ich nicht! Ich sage nichts! Nichts!«

Svenja fuhr betroffen zurück, während die Altenpflegerin beschwichtigend auf den am ganzen Körper zitternden Greis einredete.

»Schon gut, Herr Lornsen, ich bin es – erkennen Sie mich? Beruhigen Sie sich bitte!« Frau Rathjens drückte sanft die Hand des Alten, bis er endlich verstummte und sich sein Atem allmählich verlangsamte. Die Altenpflegerin gab den Polizisten einen Wink. »Wir gehen am besten zurück in mein Büro!«

Wenig später saßen Dirk und Svenja im Direktionsbüro des Altenpflegeheims »Rosengarten«, während Frau Rathjens in einem Aktenschrank kramte.

»Ich hab mich richtig erschrocken, als Lornsen plötzlich loslegte! Ich dachte, der springt mir ins Gesicht!«, gab Svenja zu, noch ganz unter dem Eindruck des eben Erlebten.

»Ich hatte ja schon öfters mit ihm zu tun«, überlegte Dirk. »Bisschen tüddelig war er schon immer, aber so ... der war ja überhaupt nicht ansprechbar! So kenn ich ihn gar nicht!«

»Ich auch nicht, das kann ich Ihnen sagen!« Frau Rathjens nahm einen schmalen Hefter aus dem Schrank, setzte sich zu den Polizisten und blätterte in den Seiten. »Herbert Lornsen, geboren in Hamburg, Jahrgang 1929 ...«

»Seit wann wohnt er hier im ›Rosengarten‹?«, wollte Dirk wissen.

»Zehn Jahre sind es wohl, nein, sogar schon elf.«

»Keine Angehörigen?«

»Ein Neffe. Der lebt aber schon lange in Australien.«

Svenja beugte sich plötzlich vor. »War Herr Lornsen jemals verheiratet? Vielleicht mit einer Frau namens Sanna?«

Frau Rathjens schüttelte den Kopf. »Wissen Sie, Herbert Lornsen ist wohl der einsamste und verschlossenste Mensch, dem ich je begegnet bin. Und ich begegne vielen Menschen, das bringt schon mein Beruf mit sich! Viele von den alten Leuten sind allein, kriegen kaum Besuch, besitzen nichts außer ihren Erinnerungen, die sie sich gegenseitig wieder und immer wieder erzählen, bis keiner mehr zuhört. Ich höre zu, das betrachte ich als meine größte Dienstpflicht – ich höre ihnen zu, auch bei der tausendsten Wiederholung ...«

»Auch bei Lornsen?«, hakte Dirk nach.

»Sicher würde ich ihm zuhören! Aber er erzählt nie etwas. Mir nicht, den Pflegerinnen nicht und den Mitbewohnern schon gar nicht. Das wenige, was ich über ihn weiß, habe ich den Akten und einigen kargen Andeutungen entnommen!«

»Und das wäre?«

Frau Rathjens überlegte kurz. »Er hat sein Berufsleben im Hafen verbracht, bei Gelegenheitsarbeiten. Als dort die Jobs immer weniger wurden, war er öfter arbeitslos. Ob er immer alleine für sich gewohnt hat, weiß ich nicht, glaube es aber. Nachdem Ihre Polizeikollegen ihn diverse Male aufgegriffen hatten, weil er orientierungslos umherirrte, hat die Sozialbehörde den Umzug in den ›Rosengarten‹ veranlasst. Das war's dann schon.«

Was für eine traurige Geschichte, dachte Svenja. Der Mann ist noch nicht mal tot und es weiß jetzt schon niemand mehr, was er eigentlich für ein Mensch ist. Ob er das spürt? Ist es ihm überhaupt wichtig?

Dirk trieben ganz andere Sorgen um. Von Lornsen konnte er keine unterstützende Aussage erhoffen. Im Gegenteil: Wäre der einzige Zeuge, der außer ihm den Schädel gesehen zu haben glaubte, ausgerechnet ein demenzkranker Greis, dessen Wahrnehmungsvermögen offenbar auf Dauerurlaub war, so würden Kommissar Weber, Revierchef Voss und die anderen Dirk erst recht als Halbirren abstempeln ...

Der Regen perlte vom hinteren Rand der Dienstmütze, tropfte direkt hinter den steifen Hemdkragen und lief auf eiskalter Spur Lothars Rücken hinunter. Herrgott, lass Abend werden! Wenigstens war er den Weihnachtsbaummantel schon an die Ablösung losgeworden. Jetzt brauchte er nur noch Caspersen einsammeln ... wo steckte der Kerl? Lothar Krüger sah sich um und entdeckte seinen Kollegen am Rand der Grube, wo er die Bergungsarbeiten verfolgte.

Philip Caspersen beobachtete fasziniert, wie sich die Haltetrossen um das zerbeulte Wrack spannten, als die Winde des in Stellung gebrachten Krans zu arbeiten begann.

»Hast du in deinem Polizistenleben nicht schon genug verbeultes Blech gesehen? Los, wir fahren – ist gleich Feierabend!«

Philip ging gar nicht auf den Vorschlag ein, sondern

zeigte gebannt nach unten, wo sich das Wrack mit einem ächzenden Geräusch vom Boden löste und langsam nach oben schwebte. »So was sieht man doch nicht alle Tage!«

Notgedrungen blieb Lothar neben Caspersen stehen und sah zu, wie der havarierte Kleinbus an den Trossen aus dem Loch manövriert wurde. Mit welchem Geschick und wie präzise das geschah, das hatte was, musste Lothar zugeben. Der Kran setzte das Wrack behutsam auf einem bereitstehenden Transporter ab, das Spektakel war zu Ende.

»Das war's – komm endlich!«

Gerade wandten sie sich gemeinsam ab, da ertönten hinter ihnen aufgeregte Rufe.

»Hallo, Herr Wachtmeister!«

»Warten Sie!«

»Das müssen Sie sich ansehen!«

Lothar blieb stehen. Ein eiskalter Regentropfen fand den Weg zwischen seinen Schultern hinab gen Südpol. Herrgott noch mal ...

Der Funkspruch erreichte den 14/2 im Wallringtunnel – in einer massiven Phalanx aus zweispurig gestautem Blech. Mit Blaulicht und Martinshorn zwang Dirk den Streifenwagen durch die schmale Gasse, die sich auftat, als sich die Autos vor ihnen hektisch beiderseits an die Tunnelwände drückten. Trotzdem dauerte es einige Zeit, bis sich der 14/2 aus der Klemme befreit, den Tunnel durchquert, gewendet und wieder Kurs auf Rothenburgsort genommen hatte.

An der Absperrung am Billhorner Röhrendamm erwartete sie bereits Lothar Krüger. »Kommt gleich mit!« Während sie eilig auf das Loch in der Fahrbahn zustrebten, streifte Krüger seinen Kollegen aufmunternd mit einem Seitenblick. »Dein neuer Freund von der Kripo ist auch schon da!«

»Falls das jetzt wieder ein Flop ist, hab ich Weber aber nicht gerufen«, knurrte Dirk.

»Garantiert kein Flop«, versetzte Lothar und winkte einladend in Richtung der Leiter am Rand der Grube. »Abwärts, bitte. Dritter Stock, Spielwaren.«

Wo zuvor das Wrack des Kleinbusses gelegen hatte, erstrahlte nun im unterirdischen Dunkel ein flatterbandumspanntes Quadrat im Scheinwerferlicht. Wie ein Boxring, durchfuhr es Dirk. Ring frei zur nächsten Runde.

»Matthies.« Kommissar Weber nickte ihm kurz zu. Dirk spürte die leichte Verlegenheit des Mannes. »Wohl ganz gut, dass ich meinen Bericht noch nicht geschrieben habe ...« Er wies vor sich auf das ausgeleuchtete Areal.

Der Aufprall des tonnenschweren Fahrzeugs hatte die gemauerte Tunnelsohle eingedrückt. Backsteine waren aus ihrem Verbund gerissen, zerbrochen und zerrieben worden. Doch zwischen Stahl und Stein hatte noch etwas anderes gelegen. Ein Schimmer wie von Elfenbein, so lag es in Trümmern und Fragmenten, vermengt mit Schmutz und Ziegelstaub.

»Es ist ein menschliches Gerippe, so viel lässt sich schon sagen.« Kommissar Weber bemühte sich um einen nüchternen Tonfall. Insgeheim wurmte es ihn, dass ihm und seinen Leuten diese Knochen nicht beim ersten Einsatz aufgefallen waren. Die Mordbereitschaft Drei hatte die höchste Aufklärungsquote innerhalb der Hamburger Kripo. Weber machte nicht häufig Fehler. Noch seltener gab er sie zu. Doch wie hätte man das Skelett eher entdecken können? »Der Bus ist durch die Fahrbahn gebrochen und direkt auf den Knochen gelandet. Das Skelett lag völlig unter dem Wrack verborgen.«

»Es ist erst durch den Bus so zertrümmert worden?« Svenja Menzel trat dicht an die Absperrung heran.

»Vermutlich. Genaueres steht natürlich noch nicht fest.«

Dirk kannte das Gefühl, vor einer Leiche zu stehen. Das Grauen, etwas eben noch Lebendiges zerstört zu sehen. Das Entsetzen darüber, wie leicht, aber auch wie endgültig es war, die Grenze vom Diesseits zum Jenseits zu überschreiten. Und die erschreckende Erkenntnis, dass es einem genauso ergehen könnte. Doch dies hier war anders. Die bleichen, fleischlosen Knochen dort schienen in ihrem grotesken Trümmerchaos kaum etwas mit der Vorstellung von blühendem Leben gemein zu haben. Zumal etwas zu fehlen schien ...

»Der Schädel liegt nicht dabei, oder?«

»Er fehlt«, bestätigte Weber verbissen und bohrte seinen Blick in Dirks Augen. »Ich muss Sie das noch einmal fragen, Matthies: Sie sind sich sicher, weiter hinten im Tunnel einen Schädel gesehen zu haben?«

»Ganz sicher«, nickte Dirk. »Er lag auf dem Boden, neben dem kleinen Schutthaufen. Ich habe Ihnen die Stelle vorhin genau gezeigt.«

Kommissar Weber starrte einen Augenblick lang auf den zerbrochenen Torso. Dann gab er sich einen Ruck. »Danke. Sie können gehen. Das ist jetzt mein Fall.«

Ein schwerer Körper lastete auf ihm, Raubtieratem hechelte in sein Gesicht, scharfe Zähne zerrten an ihm! Dirk stieß und strampelte, schüttelte etwas von dem Gewicht ab und sah, wie ein riesiger Hund davonlief, einen großen Knochen im Maul. Mit letzter Kraft warf ihm

Dirk etwas hinterher, die Bestie jaulte auf und ließ die Beute fallen. Langsam rollte der Knochen auf Dirk zu, wobei sich die Konturen plötzlich veränderten: runder, größer, beängstigend größer – bis ein bleicher Schädel ausrollte und ihn aus leeren Augenhöhlen anstarrte. Entsetzt wich Dirk zurück und erwachte erst, als sein Hinterkopf schmerzlich an den Bettpfosten stieß ...

Er brauchte eine Weile, um ins Hier und Jetzt zu finden. Die Decke war vom Bett gerutscht, sein Kissen hatte er auf den geträumten Köter gepfeffert und dabei genau den Stuhl erlegt, über dem seine Klamotten hingen – Stuhl und Uniform lagen über den Boden verstreut.

Blattschuss.

Wenigstens ließ er sich nicht wehrlos abschlachten. Im Traum nicht und im Leben nicht. Er fackelte nicht lange, wenn es um die Wurst ging. Nicht etwa, weil das für ihn simpler wäre als lange abzuwägen. Er folgte einfach seinem Instinkt. Man muss sich entscheiden. Dauernd. Und fast immer besser früher als später.

Dirk stand auf, holte sich ein Glas Wasser, stellte sich ans Fenster und sah hinaus. Große Elbstraße. Auch hier jede Menge neues Chrom und Glas. Aber immer noch ein Stück Elbe zu sehen, die gleichmütig alles stromabwärts transportierte, was man ihr auflastete.

Ein Torso ohne Kopf. Ein Schädel ohne Rumpf. Das knöcherne Haupt, welches Dirk gesehen hatte, als er den Jungen retten wollte, gehörte ziemlich sicher zu dem zertrümmerten Skelett – für diese Schlussfolgerung musste man kein Polizist sein. Wieso lagen Kopf und Rumpf so weit auseinander? Und die Hundert-Punkte-Frage: Wer oder was hatte den Schädel verschwinden lassen?

Es ist nicht dein Fall, pfiff er sich innerlich zurück. Doch als Dirk sich wieder ins Bett verkroch, ließen ihn die Bilder nicht schlafen: der Blick des Busfahrers kurz vor dem Absturz ins Bodenlose, Lornsens panische Angst und immer wieder der bleiche Schädel ...

Grau floss die Elbe. Der Sand unter ihm fühlte sich kalt und feucht an. Damals war er warm gewesen von der Sommerhitze, auch nachts noch, und sie hatten keine Decken gebraucht und keine Kleider. Über ihnen nur die Sterne, und der Strand von Wittenbergen so einsam wie eine Südseeinsel. Auch heute war hier niemand zu sehen, nicht einmal auf dem nahe gelegenen Campingplatz, auf dem die Saison noch nicht begonnen hatte. Ruhig floss die Elbe, und der Leuchtturm von Wittenbergen blinkte dazu.

Sie hatten ihre Jugend gehabt und ihre Leidenschaft. »Nur du und ich«, flüsterte er und starrte auf die leinene Einkaufstasche zwischen seinen Füßen. Der Inhalt beulte den Stoff aus wie ein kleiner Fußball. Es war allerdings kein Fußball.

»Nur du und ich ...«

Strahlender Morgenhimmel, milde Temperatur. In der Luft lag eindeutig ein Hauch von Sommer. Lothar Krüger ertappte sich dabei, dass er im voll besetzten Bus »Good Day, Sunshine« pfiff und dafür nicht etwa missbilligende, sondern amüsierte Blicke von seinen Mitmenschen erntete. Trotzdem irgendwie peinlich. Lothar stieg eine Haltestelle eher aus als notwendig. Die Luft war so gut ... Er atmete tief durch. Man könnte spazieren gehen. Eine Dampferfahrt machen. In einem Straßencafé sitzen und Zeitung lesen. Stattdessen ging er zum Dienst. Das störte ihn allerdings nicht besonders. Nicht, dass er ohne Arbeit nicht leben konnte, aber er fühlte sich wohl im 14. Revier, auch wenn es anfangs ohne Dietmar hart gewesen war. Dietmar Steiner, der Dicke. Lothars bester Freund, der ihm über schwere Zeiten hinweggeholfen und ihn bei sich zu Hause aufgenommen hatte. Vor zwei Monaten war Dietmar zu einer späten Liebe in eine andere Stadt gezogen, und obwohl Lothar dem Freund alles Glück der Erde gönnte, war es bitter für ihn gewesen. Finanziell chronisch klamm, hauste er zur Untermiete in einer engen Bude. Eigentlich war ihm schon reichlich viel schief gegangen im Leben. Aber zwischen ihm und dem Scheitern auf ganzer Linie stand immer noch sein Beruf. Und sein Naturell: Lothar glaubte immer an seine Chance. Einer wie er würde sich sogar noch auf dem Schafott ein Lotterielos kaufen. Und dem Charme eines strahlenden Frühsommermorgens könnte er sich niemals entziehen. Genau genommen nahm jemand wie Lothar stets an, dieser Morgen sei überhaupt nur für ihn gemacht.

Er hatte beinahe seine Arbeitsstelle erreicht, als ein Mittelklasse-Mercedes langsam an ihm vorbeirollte und etwas umständlich in eine breite Parklücke manövrierte – unmittelbar vor dem Eingang der Polizeiwache. Blitzblanker Lack, Klorolle mit Häkelbezug auf der Hutablage, Kategorie »Spießers Traum«, taxierte Lothar und staunte nicht schlecht, als kein anderer als sein junger Kollege Philip Caspersen dem Wagen entstieg.

»Wo ist denn dein Fahrrad?«, wunderte sich Krüger. Philip wohnte im Alten Land, auf der südlichen Elbseite. Für gewöhnlich kam er per Fähre und Fahrrad zur Schicht. Das ging wesentlich schneller als durch den chronisch verstopften Elbtunnel. Außerdem hat der Bursche doch gar kein Auto, fiel es Lothar ein.

Philip zögerte etwas verlegen, schmachtete das Spießermobil aber nicht ohne Stolz an. »Ist nur geliehen, der

Wagen! Mein Schwiegerpapa in spe meinte, ich soll mal ein anständiges Auto fahren – vielleicht kauf ich mir dann auch endlich eins ...«

»Ein Junge mit Fahrrad ist ihm wohl zu wenig für seine edle Tochter, was?«, spöttelte Lothar.

»Quatsch! Hanna ist das doch ganz egal ...«

Dir aber nicht, dachte Lothar und beugte sich tief über die Motorhaube, um interessiert ins Wageninnere zu spähen – da zerrte ihn sein Kollege panisch zurück.

»Mach keinen Kratzer!«

Irritiert kam Lothar hoch. »Huch, Schwiegerpapa ist wohl ein ganz Penibler!« Abschätzend musterte er Caspersen, der schon hastig nach Lackschrammen fahndete. »Oder du bist es ...«

Der junge Polizist quittierte die Bemerkung mit einem giftigen Blick, ließ den Kollegen einfach stehen und verschwand wortlos in der Wache. Dabei hat der Tag so gut angefangen, dachte Lothar betrübt. Passable Laune, dieser Frühlingshauch in der Luft ... Er schnüffelte: Seit wann roch der Frühling nach Fisch?

»Madre de Dios! Ein Polizist! Endlich!«

Krüger fuhr erschrocken herum: Eine dunkelhaarige Frau mittleren Alters wogte heran und bedrängte mit ihrer beeindruckenden Leibesfülle den überrumpelten Polizisten derart, dass er langsam zurückwich, während die Frau aufgeregt auf ihn einredete.

»Ich will Anzeige erstatten! Gegen Firma Jansen! Den Fischhändler!«

»Das ... das riecht man«, bestätigte der allmählich in die Enge getriebene Lothar spontan.

»Ich bin Maria Fernandez! Nur eine kleine Arbeiterin, aber das können die mit mir nicht machen! No!«

»Kann ich Ihnen helfen?«, erkundigte sich eine

freundliche Stimme. Harry! Lothar bekreuzigte sich innerlich. Die aufgebrachte Fernandez stockte in ihrem Redeschwall und musterte die zierliche, entwaffnend lächelnde Zivilfahnderin abschätzend.

»Ich bin auch Polizistin!«, setzte Hariklia Möller erklärend nach. »Bitte, wir müssen hier nicht auf der Straße stehen! Kommen Sie mit in mein Büro, ja?«

Die Frau überlegte kurz, nickte dann und folgte Harry willig durch die große Glastür in die Wache. Lothar wischte sich den Schweiß von der Stirn. Und der Tag hatte doch so gut angefangen ...

»Dirk, kommst du mal?«

Dirk Matthies, der gerade erst zum Dienst gekommen war, drehte sich am Schreibtisch um und sah, wie Bernd Voss auch Svenja Menzel heranwinkte. Gemeinsam gingen sie hinüber ins Chefbüro und zogen die Tür hinter sich zu.

»Steht wieder was über mich in deiner Morgenzeitung?«, erkundigte sich Dirk süffisant.

Voss grinste schief. »Ausnahmsweise nicht! Obwohl, als mich gestern dieser Kommissar Weber von der Mordbereitschaft Drei anrief ...«

»Tscha, der hat jetzt andere Sorgen«, griente Dirk, »einen richtigen Fall hat er jetzt!«

»Und das ist nicht unser Fall, hat er extra betont!«, bestätigte Svenja.

»Recht hat der Mann!«, nickte Voss. »Wir haben nämlich auch andere Sorgen. Das Straßenbauamt hat mich eben informiert, dass es sich überhaupt noch nicht absehen lässt, wie lange wir rund um den Billhorner Röhrendamm mit chaotischen Verkehrsverhältnissen infolge der eingesackten Fahrbahn rechnen müssen!«

»Haben die keinen Erfahrungswert, wie lange so eine Reparatur dauert?«, wunderte sich Svenja.

»Das schon«, räumte Voss ein, »aber die Kripo lässt vorerst noch keine Arbeiter an das Loch heran. Außerdem müssen noch Zuständigkeiten geklärt werden.«

»Bitte? Ein Loch in der Fahrbahn, also Straßenbauamt!«

»Aber abgesackt ist die Fahrbahn wegen eines längst stillgelegten, plötzlich eingebrochenen Abwassersiels – also vielleicht auch Stadtentwässerung, Umweltbehörde, alles klar?«

Dirk verzog das Gesicht. »Und bis die Amtsschimmel das unter sich ausgewiehert haben, regeln wir den Verkehr und atmen die gute Auspuffbrise – na danke!«

»Zum Glück springt das 12. Revier mit in die Bresche, weil es in den Auswirkungen auch ihren Bezirk betrifft«, beruhigte Voss seine Mitarbeiter. »Wir übernehmen erst die zweite Woche. Bis dahin weiß man vielleicht schon mehr.«

Dirk überlegte längst etwas anderes. »Wenn die Kripo noch keine Arbeiter an die Einsturzstelle lässt, heißt das, sie haben den fehlenden Schädel des Skeletts immer noch nicht gefunden ...«

»Nicht dein Problem, Dirk! Ich wollte euch noch etwas anderes sagen: Vorhin hat eine Frau Rathjens angerufen ...«

»Die Leiterin des Altersheims ›Rosengarten‹?«

Voss nickte. »Ihr habt da gestern vergeblich mit jemandem sprechen wollen. Ich soll euch ausrichten, es geht ihm heute wieder besser – falls ihr noch etwas von ihm wissen wollt.«

Dirk hob interessiert die Augenbrauen. »Ich denke, das wollen wir.«

»... wie eine Verbrecherin haben sie mich behandelt, mit einer Pistole auf mich gezielt – so!« Maria Fernandez simulierte die Waffe mit ausgestrecktem Zeigefinger und zielte auf Henning Schulz, den der heilige Zorn der korpulenten Frau sichtlich unbeeindruckt ließ. »Und dann hat mich der Chef rausgeschmissen – einfach so!«

Sie sackte auf einem Stuhl zusammen und heulte Rotz und Wasser. Harry und Henning wechselten einen ratlosen Blick, dann drückte die Zivilfahnderin der Jammergestalt eine Packung Taschentücher in die Hand.

»Nun mal langsam, Frau Fernandez! Also, wenn ich Sie richtig verstanden habe: Sie arbeiten beim Fischgroßhandel Jansen?«

Die Frau nickte schluchzend, zu weiteren Worten vorerst nicht in der Lage. Harry ließ ihr einen Moment Zeit und setzte dann nach.

»Sie haben eine kleine Arbeitspause machen wollen und sind ins hintere Lager gegangen?«

Wie zur Bestätigung schnäuzte Maria Fernandez lautstark in ein Taschentuch und rang sich ein nachdrückliches »Sí!« ab.

»Da hat ein Lieferant Sie entdeckt, mit der Waffe bedroht und zum Chef gebracht. Und der hat Sie dann fristlos gefeuert.«

In der schluchzenden Frau erwachte wieder der Kampfgeist. »Einfach so! Eine Frechheit ist das!«

»Durften Sie überhaupt in diesem Lagerraum Pause machen?«, mischte sich Henning jetzt ein, und prompt schaltete Frau Fernandez verlegen ein paar Gänge zurück.

»Na ja ... ist eigentlich verboten, aber ...«

»Warum sind Sie denn nicht in den normalen Pausenraum gegangen?«

Die Fernandez sah schuldbewusst zu Boden. Henning

trat dicht an sie heran und schnupperte. Außer Fisch roch man noch etwas anderes ...

»Sie haben Alkohol getrunken, stimmt's?«

Maria Fernandez blitzte ihn wütend an. »Na und? Fischkopf abschneiden, Bauch aufschlitzen, Gedärme raus – so!« Ihre Hände gestikulierten beredt, als nähmen sie ein imaginäres Flossentier aus. »Wer soll das aushalten ohne einen Schluck? Ist das vielleicht ein Grund, mir eine Knarre an den Kopf zu halten, he?«

»Das ist natürlich nicht in Ordnung!«, beschwichtigte Harry. »Aber vielleicht hat der Lieferant Sie für einen Einbrecher gehalten ...«

»Ich darf überall hin bei Jansen, nur nicht in dieses Lager! Warum?« Die Fernandez ließ sich nicht bremsen. »Da waren Kisten, die hab ich noch nie gesehen! Hat dieser Lieferant gebracht! Die Polizei muss was machen – dafür ist sie doch da! Cielo! Madre mía!«

Sie schluchzte wieder los, ebenso lautstark wie hemmungslos – die Zivilfahnder wechselten erneut einen hilflosen Blick.

»Wir kümmern uns darum«, raffte sich Harry lauwarm auf. »Sie gehen am besten erst mal nach Hause, ja? Schließlich haben Sie eine anstrengende Schicht hinter sich!«

Die kleine Harry verschwand fast in den wogenden Fleischmassen, als Maria Fernandez sie begeistert an die Brust drückte. So muss es sein, wenn man vom Wal gerammt wird, dachte Henning. Riecht auch so, ganz nebenbei.

»Gracias! Muchas Gracias!« Die Fernandez ließ sich bereitwillig nach draußen in den Gang eskortieren, dann drückte Harry hinter ihr die Tür zum Gang zu. Henning riss bereits energisch das Fenster auf.

»Das riecht hier bestimmt noch tagelang nach Fischladen!«

Harry pustete entnervt durch. »Wenn ich auch so heulen könnte, würde ich zum Film gehen!«

Sie setzte sich kopfschüttelnd, Henning lehnte sich an die Fensterbank und verschränkte die Arme. »Komische Geschichte! Und was machen wir jetzt damit?«

Die Sirenenstimme, gepaart mit dem unverkennbaren Fischgeruch, hatte Lothar Krüger vorgewarnt: Geistesgegenwärtig ließ er einen Kugelschreiber vom Schreibtisch abstürzen, ging auf Tauchstation und blieb so lange in sicherer Deckung, bis Maria Fernandez durch das Dienstzimmer gerauscht und nach draußen verschwunden war. Aufatmend nahm er wieder Platz und begann ohne Eile ein durch die rasche Fluchtaktion unterbrochenes Schadensprotokoll weiterzutippen. Aus den Augenwinkeln sah er Philip Caspersen am Aktenregal herumkramen und dann plötzlich stutzen! Lothars Aufmerksamkeit richtete sich jetzt ganz auf den jungen Kollegen: Was mochte der entdeckt haben?

In der Tat hatte Philip im Regal etwas entdeckt – ein Spinnennetz! Sofort zückte er ein Papiertaschentuch, wischte das klebrige Geflecht weg, knüllte das Tuch zusammen und warf es angewidert in den Papierkorb neben Lothars Schreibtisch – erst jetzt bemerkte er den fassungslosen Blick seines Kollegen.

»Ich hasse Spinnen!«, fühlte er sich zu einer Erklärung gedrängt.

Lothar zuckte gelassen die Achseln. »Die wohnt da schon lange.«

»Sollte sie aber nicht«, versetzte Philip. »Hier wischt doch angeblich jeden Tag die Putzkolonne!«

»Du solltest dir eine Rolle Haushaltspapier auf den Schreibtisch stellen!«, spottete Krüger. »Vielleicht schenkt dir Schwiegerpapa dafür auch so einen allerliebsten Häkelpräser!«

Philip Caspersen starrte ihn verständnislos an.

»So wie für die Hutablagen-Klorolle in dem Benz da draußen!«, amüsierte sich Lothar.

Philip zeigte ihm einen Vogel und zog beleidigt ab. Lothar Krüger wandte sich, in ungetrübter Heiterkeit leise vor sich hin kichernd, wieder seiner Schreibarbeit zu.

Herbert Lornsen sah kaum besser aus als gestern. Spitze Nase, die Augen geschlossen, der Atem so rasselnd, als sei der nächste Zug der letzte. Mitleidig beobachtete Svenja Menzel, wie sich die Augenlider des alten Mannes flatternd hoben, als sich die Altenpflegerin Frau Rathjens über ihn beugte.

»Herr Lornsen! Besuch für Sie!«

Lornsens Blick wurde klarer. Frau Rathjens half ihm, sich etwas aufzusetzen, und schob ihm das Kissen im Rücken zurecht. Dann trat sie zurück und überließ Dirk die Initiative.

»Herr Lornsen, ich bin Polizeihauptmeister Matthies! Erkennen Sie mich wieder?« Der Alte nickte schwach. Schon mal etwas, dachte Dirk und legte nach. »Erinnern Sie sich an gestern? Wo waren Sie da?«

»Rothenburgsort. Billhorner Röhrendamm.«

Das kam leise, aber verständlich. »Warum sind Sie dort hingegangen?«

In den Augen des Greises glomm plötzlich so etwas wie ein Funken Misstrauen auf. Svenja hatte das unbestimmte Gefühl, dass sich Lornsen innerlich wappnete.

»Nur so«, flüsterte der Alte.

»Aber was da passiert ist, das wissen Sie doch noch?«, ließ Dirk nicht locker. Lornsen schloss die Augen und schwieg.

»Die Fahrbahn ist eingebrochen«, half ihm Dirk auf die Sprünge. »Da war plötzlich eine tiefe Grube, und Sie sind hineingeklettert, erinnern Sie sich?«

»Trümmer ... überall Trümmer ...« Lornsen öffnete die Augen wieder und sah die Polizisten verunsichert an.

»Genau!«, versuchte Dirk ihn weiter in die Erinnerung zu ziehen. »Da waren Ziegelhaufen, es war ein dunkler Gang – was haben Sie noch gesehen? War da nicht noch mehr?«

»Der Tod! Der Tod war wieder da!« Schwer atmend streckte Lornsen anklagend seinen dürren Arm aus. Svenja lief es eiskalt über den Rücken. Auch Dirk ging der schauerliche Anblick des Alten, der in seiner unnatürlichen Magerkeit selbst aussah wie ein Todesbote, durch und durch. Dennoch versuchte der Polizist in ihm, die Befragung voranzutreiben.

»Der Tod? Meinen Sie den Totenschädel, der dort lag? Haben Sie den gesehen, Herr Lornsen?«

»Der Tod hat sie geholt!«, stieß der Alte hervor. »Der Tod war wieder in der Grube!«

»Wen hat der Tod geholt?«, mischte sich Svenja ein. »Sanna?«

Wie vom Donner gerührt verharrte Lornsen einen Moment lang still, dann verdrehten sich seine Augen und er fiel schwer zurück ins Kissen. Sofort war die Altenpflegerin am Krankenbett und drückte einen Signalknopf.

»Das war zu viel – bitte, gehen Sie jetzt!«

Auf dem Weg durch den langen Korridor eilte schon

ein Arzt mit wehendem Kittel an den Polizisten vorbei. Sie machten kurz Platz und gingen deprimiert weiter, verfolgt von lethargischen Blicken aus runzligen Gesichtern, die längst keine Neugier mehr ausstrahlten.

Svenja war froh, als die Tür des 14/2 mit vertrautem Schnappen hinter ihr ins Schloss fiel – eindeutig ein Geräusch von dieser Welt, der Welt der Lebendigen.

»Das hat ja nicht wirklich viel gebracht!« Dirk steckte zwar den Schlüssel ins Zündschloss, lehnte sich dann aber nachdenklich im Sitz zurück, ohne den Motor zu starten.

»Ich weiß nicht – vielleicht doch etwas!«, überlegte seine Partnerin. »Du hast den Totenschädel gesehen, Lornsen den Tod. Der Schädel könnte für ihn den Tod symbolisiert haben!«

»Kann sein. Der Schädel war schließlich da. Aber wo er dann hingekommen ist, wissen wir leider immer noch nicht! Außer mir und Lornsen war nur der blinde Junge unten ... Moment mal!« Dirk fiel plötzlich etwas ein. »Hast du die Adresse von dem Jungen notiert?«

Svenja blätterte in ihrem Notizbuch. »Logo! Lukas Blohm, irgendwo in Billbrook ...« Entschlossen startete Dirk den Motor.

Henning Schulz drehte den Schlüssel, der Motor des zivilen Dienstfahrzeugs verstummte. Leise war es trotzdem nicht. Dafür war hier am Schwedenkai einfach zu viel los, auch beim Fischgroßhandel Jansen. Die Firma residierte hinter einem stabilen Zaun in einem frei stehenden Backsteinbau mit angrenzender Halle und nicht einsehbarer rückwärtiger Bebauung – wahrscheinlich Laderampen, vermutete Henning, denn eben verließen ein paar Lieferwagen die Hofeinfahrt. Vor dem Gebäude rangierte ein Gabelstapler mit einem Stapel Paletten herum. Nichts deutete darauf hin, dass hier vielleicht etwas Ungewöhnliches vor sich ginge. Auch Harry schien die harmlose Szenerie etwas ratlos zu betrachten, registrierte Henning jetzt.

»Die Frau ist wegen ihres Suffs gefeuert worden und Ende!«, offenbarte er ihr seine Meinung. »So ganz nüchtern war sie doch eben immer noch nicht!«

»Lieferanten mit Pistole sind im Fischhandel wohl kaum üblich!«, gab Harry zu bedenken.

»Dann müssen wir uns um den Lieferanten kümmern und nicht um die Firma Jansen!«, versetzte ihr Kollege trocken.

»Und was ist mit den geheimnisvollen Kisten, die Frau Fernandez gesehen hat?«, konterte Harry, aber Henning ließ sich nicht beirren.

»Wenn es die überhaupt gibt! Einen Durchsuchungsbefehl kriegen wir jedenfalls nicht aufgrund so einer lauen Aussage.«

Das wusste Harry auch. »Wir können trotzdem nicht einfach wegfahren und so tun, als sei nichts gewesen!«

»Obwohl wahrscheinlich nichts gewesen ist!«, seufzte Henning und öffnete schon die Tür. Harry hatte ja Recht. Auch wenn sie die Dinge, für Hennings Geschmack, manchmal etwas kompliziert machte. »Reden wir mal mit dem Chef, diesem Jansen.«

»Das machst du«, entschied Harry. »Ich seh mir das Ganze von draußen an. Diesen hohen Zaun – findest du den nicht auch etwas überdimensioniert?«

»War vielleicht ein Sonderangebot.«

Hariklia Möller tippte sich an die Stirn und stieg schwungvoll aus dem Wagen.

Philip Caspersen brütete über dem Dienstplan für die nächste Woche. Mittwoch Früh-, Donnerstag Spätschicht – da könnte man Mittwochabend ins Kino gehen oder so! Doch dann fiel ihm ein, dass seine geliebte Hanna mit ihren Freundinnen in die Frauensauna gehen würde, wie an jedem Mittwochabend. Da müsste man mal Mäuschen spielen dürfen. Was die Damen immer zu bequatschen hatten, jede Woche ... Obwohl er im Fall des Falles wahrscheinlich kaum darauf achten würde, was die Damen zu bequatschen hätten. Hannas Figur war schlechthin atemberaubend, und ihre Freundinnen waren durch die Bank alles echte Hingucker! Philips geistiges Auge dimmte das grelle Neonlicht des Dienstraums herunter auf schummrige Saunabeleuchtung und wanderte genüsslich über entspannt ruhende Körper, sanfte Rundungen ...

Ein hartes Klacken riss ihn jäh aus seinen sinnlichen Fantasien. Wo eben noch Sirenen lockten, schwappte nun dunkelbraune Brühe in abgestoßenem Porzellan.

»Friedenskaffee!«

Philip blinzelte verdattert. Lothar Krüger stand neben ihm, selbst ebenfalls einen Kaffeebecher in der Hand. Mal wieder voll im falschen Moment, aber trotzdem nett, ermahnte sich Philip und raffte sich zu einem versöhnlichen Grinsen auf. »Danke!«

»Ich hab den Becher sogar vorher ausgespült!«, konnte sich Lothar einen spöttischen Spruch doch nicht verkneifen, aber sein junger Kollege nahm es locker.

»Idiot ...«

Lothar klopfte ihm grienend auf die Schulter. »Und wenn du heute mit dem Fahrrad gekommen wärst anstatt mit dem Schwiegerpapamobil, hättest du jetzt für uns einen schönen Streifen Butterkuchen zum Kaffee holen können – oder steht dir die Chromschleuder auch für Kurzstrecken zur Verfügung?«

»Bloß nicht!«, wehrte Philip ab »Ich bin schon heilfroh, dass ich das Gerät ohne Schramme hergefahren habe!«

Lothar musterte ihn ebenso neugierig wie verständnislos. »Nun mal Klartext: Stellst *du* dich so an mit der Karre oder hast du nur Angst vor deinem Schwiegervater?«

Philip holte Luft und setzte zur Antwort an. »Also ...«

Ein höllischer Lärm von draußen ließ die beiden Polizisten zusammenfahren: Bremsen und Reifen quietschten, es folgte das nervenzerfetzende Geräusch scheppernden Bleches und splitternden Glases – dann plötzlich herrschte Stille, als sei die Welt eingefroren.

Die beiden Kollegen reagierten gleichzeitig.

»Raus!«

Sie stürmten durch den Dienstraum in das Foyer und hinaus auf die Straße, wo sie gerade noch mitbekamen, wie eine hysterisch schreiende Frau aus einem Kleinwagen sprang, der sich zwischen die vor der Wache parkenden Fahrzeuge gekeilt hatte.

»Hilfe! Hilfe! Oh Gott ...«

Schon standen beide Polizisten bei der völlig aufgelösten Frau, die sich an Lothars Arm klammerte, als sei er ein Rettungsanker.

»Sind Sie verletzt?«, forschte Krüger, während sein junger Kollege auf den Kleinwagen wies.

»Ist noch jemand in Ihrem Auto?«

Die Frau fing sich allmählich, hechelte aber noch aufgewühlt. »Nichts passiert ... keiner drin ... nur ...«

Erst jetzt bemerkte Philip, welches Hindernis den Kleinwagen letztlich gestoppt hatte – die Mercedes-Limousine von Hannas Vater!

»Oh Scheibe, das Auto!«, entfuhr es ihm entsetzt. Rasch bückte er sich und taxierte den Schaden: Kotflügel eingedrückt, Stoßstange zerbeult, Rücklicht zersplittert ... Entnervt schloss er die Augen und spürte, wie der Zorn in ihm hochkochte. Philip richtete sich auf und fuhr die Frau an, die immer noch an Lothars Arm hing.

»Was haben Sie bloß gemacht?!«

Das brachte die Frau wieder zur Besinnung. Sie löste sich von Lothar, was der durchaus bedauerte – knapp unter Vierzig, schätzte er, und ein echt nettes Gesicht. Vielleicht ein bisschen hysterisch, aber das ist schließlich zu verstehen, wenn man gerade sein Auto zerschrotet hat ...

Die Frau atmete tief durch. »Die Spinne ist schuld!«

Die Polizisten sahen sie verständnislos an. »Bitte?«

»Da war eine fette, haarige Spinne! Faustgroß!«, verteidigte sie sich. »Kroch plötzlich hinter der Sonnenblende raus und fiel mir von oben in den Schoß! Ich hab echt einen zu viel gekriegt! Dann hab ich nur noch versucht, das Biest wegzuhauen ...«

»... und nicht mehr auf die Straße geachtet!«, ergänzte Lothar verständnisvoll. Die Dame nickte schuldbewusst.

»Faustgroße Spinne!« Philip wurde allmählich richtig sauer. »So eine blöde Ausrede habe ich noch nie gehört!«

»Sie können ja nachgucken!«, schlug die Dame empört vor. »Die Spinne ist bestimmt noch da drin!« Anklagend wies sie auf ihr Auto. Die beiden Polizisten starrten plötzlich auf den zerbeulten Kleinwagen und wechselten einen etwas verunsicherten Blick, welcher der Bruchpilotin nicht entging.

»Oder haben Sie etwa Angst?«, stichelte sie.

Wortlos setzte sich Lothar in Bewegung, in seinem Kielwasser folgte Philip. Vorsichtig öffnete er die Fahrertür des Kleinwagens, beugte sich hinein, linste hinter die Sitze und klappte die Sonnenblenden herunter – nichts.

Er zog sich wieder zurück und hielt seinem Kollegen die Tür einladend auf. »Willst du auch noch mal?«

Energisch stieß Philip die Tür zu und wandte sich wieder der Unfallfahrerin zu. »Wie heißen Sie, gnädige Frau?«

»Gunda Siebert.« Sie funkelte ihn aus blitzenden Augen selbstbewusst an.

Philip erwiderte ihren Blick kalt. »Wir machen am besten gleich einen Alkoholtest.«

»Ich bin nicht betrunken, verdammt!«

»Das werden wir alles sehen.« Lothar trat zu Gunda Siebert und nahm sie besänftigend beim Arm. »Ein Protokoll müssen wir sowieso aufnehmen, schon wegen der Versicherung! Wollen wir nicht alles drinnen in Ruhe klären?«

Sie sah ihm forschend in die Augen. Der ist ganz lieb, befand sie. Nicht so ein aggressiver Jungbulle wie der andere! Sie lächelte Krüger an und nickte zustimmend.

Die scharfe Klinge blitzte kurz im Licht auf, schlitzte fließend durch weiches Fleisch und öffnete den silbrigen Leib für hervorquellendes Gedärm. Henning schluckte schwer.

»Das ist Akkordarbeit! Sie sehen ja, wie schnell unsere Mitarbeiterinnen sind!« Günther Jansen wies, nicht ohne Stolz, in die Runde, und der Zivilfahnder nickte ergeben. Auf diese Betriebsführung hätte er gerne verzichtet. Aber Jansen ließ es sich nicht nehmen, ihn persönlich zu begleiten und dabei mit ausführlichen Kommentaren zu beglücken. Der Inhaber des Fischgroßhandels hatte sehr betroffen auf die Vorwürfe seiner

Ex-Angestellten Maria Fernandez reagiert. Niemand habe sie je mit einer Waffe bedroht! Hinauswerfen musste er sie allerdings, denn die Regeln, gegen die die Fernandez verstoßen hatte, dienten einzig und allein der Sicherheit am Arbeitsplatz, und da gab es kein Pardon!

Zu verbergen habe er jedoch nichts, hatte Jansen beteuert. Henning Schulz war geneigt, ihm zu glauben. Sie waren zuerst in den Lagerräumen gewesen und standen jetzt in der Halle, in der bekittelte Frauen an langen Stahltischen glänzende Fischleiber filetierten – Fisch, so weit das Auge reichte. Für Henning sahen alle gleich aus. Vor allem rochen alle gleich. Für Jansen schien der penetrante Fischgestank jedoch das einzig wahre Lebenselixier zu sein. Jansen KG, alter hanseatischer Betrieb in vierter Generation. Wahrscheinlich konnte Jansen per Knopfdruck auf Kiemenatmung umstellen, spekulierte Henning. Jedenfalls ließ sich kaum feststellen, wann der Kerl in seinem Redeschwall je einmal Luft holte.

»Schärfere Klingen als hier finden Sie selbst in einem Operationssaal nicht!«, versicherte Jansen begeistert. »An einem dieser Tische arbeitete auch Frau Fernandez, bis wir sie letzte Nacht mit der Schnapsflasche am Hals erwischt haben. Dass bei diesem unfallträchtigen Handwerkszeug Alkohol am Arbeitsplatz ein sofortiger Kündigungsgrund ist, hat sie sehr wohl gewusst! Das weiß jeder, der hier arbeitet! Alkohol und scharfe Messer, das geht nicht.«

»Sehr vernünftig«, stimmte Henning zu. »Ich denke, ich habe Sie jetzt wirklich lange genug belästigt. Frau Fernandez war wahrscheinlich einfach nur frustriert über ihre Kündigung ...«

»Es tut mir Leid um sie. Aber Vorschrift ist nun mal Vorschrift!«

»Wem sagen Sie das«, nickte Henning. »Nun haben wir ja beide unseren Vorschriften Genüge getan – also, vielen Dank. Auf Wiedersehen, Herr Jansen.«

Der Firmenchef geleitete ihn zum Ausgang. »Wir haben einen Tresen für Kleinverkauf – möchten Sie vielleicht noch etwas Fisch mitnehmen?«

Henning wehrte energisch ab. »Danke – ich hab schon Schuppen!«

Damit machte er sich eilig davon.

Im Wagen erwartete ihn bereits seine Kollegin. Kaum hatte er die Tür hinter sich zugeschlagen, rückte sie von ihm ab und rümpfte gequält die Nase. »Du müffelst wie 'ne Ölsardine – aber wie eine von vorgestern!«

Henning kurbelte schmollend das Seitenfenster hinunter. »Nächstes Mal gehe ich auch nur draußen spazieren! Hast du wenigstens etwas Interessantes dabei entdeckt?«

»Man kommt nur durch die Einfahrt auf das Firmengelände. Dieser hohe Zaun geht ganz um das Grundstück herum! Ich habe sogar Bewegungsmelder gesehen. Ein bisschen merkwürdig finde ich das schon für einen harmlosen Fischhändler ...«

Henning zuckte mit den Achseln. »Der handelt aber wirklich mit Fischen. Ich hab da drinnen mehr als genug davon gesehen!«

Sie sahen hinüber zum Firmengelände, wo immer noch der Gabelstapler in hektischer Betriebsamkeit arbeitete.

»Vielleicht sichern sie mit dem Zaun bloß ihren Fuhrpark«, räumte Harry ein.

»So wird es sein!«, stimmte ihr Partner zu. »Da stehen immerhin beträchtliche Werte! Denk an die besoffenen Jugendlichen neulich – die haben nachts auf dem Gelände einer Baufirma mit Radladern und Betonmischern Autocrash gespielt. Das war ein Millionenschaden!«

Harry überlegte kurz, dann traf sie eine Entscheidung. »Na gut. Dann fahren wir bei Frau Fernandez vorbei und erklären ihr, warum wir der Sache nicht weiter nachgehen werden.«

Henning hielt sich demonstrativ die Nase zu. »Muss das sein?«

Harry zwinkerte ihm zu. »So, wie du jetzt riechst, seid ihr wie füreinander geschaffen!«

»Sehr komisch, haha. Aber vorher gehen wir noch etwas essen, okay?«

Harry holte schon zu einer Bemerkung aus, doch Henning kam ihr zuvor.

»Nein. Kein Fisch!«

»... und mit diesem kleinen Schlüssel kriegst du die Handschellen wieder auf!« Dirk war erstaunt über die enorme Geschwindigkeit, mit der der kleine Lukas Blohm Schlüssel und Schlüsselloch ertastete und seine gefesselte Linke vom Tischbein befreite. Mit sehenden Augen hätte man es kaum schneller hingekriegt, das war mal sicher. Triumphierend streckte Lukas dem Polizisten die geöffneten Handschellen entgegen.

Die Mutter des blinden Jungen lächelte Dirk und Svenja ebenso stolz wie verlegen an. »Es ist Lukas' großer Traum, Polizist zu werden! Er weiß zwar, dass es wegen seiner Augen ja eigentlich nicht geht, aber trotzdem ...« Sie unterbrach sich selbst, schluckte und versuchte abzulenken. »Noch einen Kaffee?«

Die Polizisten lehnten dankend ab, dann stülpte Dirk dem Kleinen seine Dienstmütze aufs Haupt. »Lass dich nicht unterkriegen und bleib bei deinen Träumen,

Junge!« Er klopfte Lukas auf die Schulter, und der strahlte übers ganze Gesicht. »Du bist doch richtig gut drauf! Zum Beispiel, als ich dich durch den Schacht getragen habe, weißt du noch? Als uns der alte Mann entgegenkam. Den hast du viel eher bemerkt als ich!«

Lukas nickte wichtig, wobei ihm prompt die viel zu große Dienstmütze ins Gesicht rutschte. »Ich konnte ihn hören!«

»Er hat wirklich ein viel feineres Gehör als andere Menschen«, bestätigte Frau Blohm. »Damit hat er uns schon oft verblüfft!«

»So was braucht man bei der Polizei!«, schmunzelte Dirk, nahm sich die Mütze zurück und wurde wieder ernst. »Lukas – ich möchte, dass du dich jetzt genau an den Moment erinnerst, als ich dich in dem Gang gefunden habe. Versuchst du das?«

Der Junge nickte und konzentrierte sich. Dirk fuhr eindringlich fort. »Du hast auf dem Boden an einem Schutthaufen gehockt, geweint und deinen Knöchel gerieben, weißt du noch?«

»Ja. Ich war umgeknickt. Das tat echt weh!«

»Hast du nur deshalb geweint?«

Der Junge schüttelte den Kopf. »Nein. Ich hatte Angst!«

»Ich wollte dich beruhigen! Ich hab dich angesprochen und gesagt, dass ich Polizist bin! Und darauf hast du etwas ganz Merkwürdiges geantwortet – du hast mich gefragt, warum ich *erst jetzt* mit dir rede! Ich hatte dich aber gerade erst gefunden ...«

Die Polizisten und Frau Blohm sahen gespannt auf Lukas, der nicht lange überlegte.

»Ich bin aus dem kaputten Bus raus und einfach in eine Richtung gelaufen, bis ich hingefallen bin! Dann konnte ich nicht mehr, wegen dem Knöchel. Aber ich war nicht allein! Da war jemand dicht bei mir, die ganze Zeit ...«

Hört der Gruselfilm heute überhaupt nicht auf, durchfuhr es Svenja – erst der alte Lornsen mit seinem Todeswahn, jetzt der Junge mit dem großen Unbekannten ...

Dirk beugte sich gespannt vor. »Du konntest ihn hören?«

»Nur ganz wenig – das Atmen! Und einmal ist er gegen einen Stein getreten.«

»Du hast ihn angesprochen?«, wollte Svenja wissen.

»Ein paar Mal«, nickte Lukas. »Aber da kam nichts. Das hat mir dann erst richtig Angst gemacht!« Er schauderte noch bei der Erinnerung an die erlebten Schrecken, und seine Mutter legte schützend den Arm um ihn. Dirk erhob sich vom Stuhl.

»Das ist ja nun zum Glück vorbei. Vielen Dank, Lukas! Du hast uns sehr geholfen.« Er schüttelte ihm die Hand. »Und wenn du Ferien hast, kommst du einen Tag zu uns aufs Revier, dann zeig ich dir den ganzen Laden. So 'n plietschen Kerl wie dich können wir auf der Wache immer brauchen!«

Auch Svenja verabschiedete sich, dann brachte Frau Blohm sie zur Tür. Nachdenklich stiegen die Polizisten das Treppenhaus des Mehrfamilienhauses hinunter.

»Dieser lautlose Unbekannte, den der Junge gespürt hat – ob das Herbert Lornsen gewesen ist?«, spekulierte Svenja. »Schließlich hat er sich ja dort unten herumgetrieben!«

»Vielleicht, vielleicht auch nicht.« Die Sache wurde immer komplizierter, fand Dirk. Lornsen war ihm im Schacht erst auf dem Rückweg zur Einsturzstelle begegnet – und zwar von vorn. Eigentlich konnte der Alte nicht hinten bei dem Jungen gewesen sein. Lornsen hätte ihn sonst überholen müssen, und das hätte Dirk zweifellos bemerkt – so breit war der Schacht nicht.

Svenja öffnete die Haustür und ließ ihrem Kollegen den Vortritt. »Willst du es der Kripo erzählen, was der Junge bemerkt hat? Diesem Kommissar Weber?«

»Völlig unnötig«, brummte Dirk und wies zur Straße hinüber. »Das erfährt er gleich persönlich!«

Unmittelbar vor dem Blohmschen Haus entstiegen Weber und einer seiner Männer einem zivilen Dienstfahrzeug. Als der Kommissar die beiden Schutzpolizisten auf sich zukommen sah, blitzten seine Augen ärgerlich auf.

»Ich dachte eigentlich, wir hätten die Kompetenzen eindeutig geklärt«, knurrte er ihnen entgegen.

Profilneurose, diagnostizierte Svenja. Sie lächelte unverbindlich. »Da mein Kollege den kleinen Lukas Blohm gerettet hat, fanden wir es völlig in Ordnung, uns nach seinem Befinden zu erkundigen! Das betrachten wir als Teil unserer Arbeit.«

Weber grinste kalt. »Ach ja, hätte ich fast vergessen!« Er zwinkerte seinem Assistenten zu. »Hauptmeister Matthies ist nämlich ein echter Held! Falls er nicht gerade Kinder rettet, sprengt er Dreharbeiten, erschießt Kuscheltiere und bricht prominente Arme!«

Svenja biss sich vor Wut auf die Lippen, aber Dirk blieb gelassen.

»Hat sich die Gerichtsmedizin schon die Knochen aus der Grube vorgenommen?«

Der Kommissar musterte ihn abschätzend. »Warum sollte ich Ihnen das sagen, Matthies?«

»Haben Sie Angst, ich nehme Ihnen was weg, Weber?«

Einen Moment lang herrschte eisiges Schweigen – dann brach der Kommissar die Stille. »Die Untersuchungen sind noch nicht abgeschlossen.«

»Aber es gibt erste Erkenntnisse?«

»Ein paar. Das Skelett ist das einer jungen Frau, die zum Zeitpunkt ihres Todes vermutlich um die zwanzig Jahre alt gewesen ist.«

»Seit wann lagen die Knochen da unten?«, wollte Svenja wissen.

»Das gehört zu den Fragen, die die Mediziner noch nicht endgültig geklärt haben!«, erwiderte Weber und wischte sich müde über die Augen. »Die Feuchtigkeit in dem Schacht, Ratten und anderes Ungeziefer – da spielen etliche Faktoren eine Rolle.«

»Halten Sie mich auf dem Laufenden?« Dirk und der Kommissar maßen einander mit Blicken. Schließlich nickte Weber kurz, gab seinem Assistenten einen Wink und wollte auf das Blohmsche Haus zugehen, als er sich noch einmal umdrehte.

»Übrigens, Matthies – den Schädel, den Sie gesehen haben wollen ...« Er verzog zweifelnd das Gesicht. »Den haben wir immer noch nicht gefunden.«

Efeu überwucherte das steinerne, sanft geschwungene Treppengeländer. Sogar über die Stufen zogen sich grüne Ranken, wie in einem Dornröschenschloss. Dornröschen war ein schönes Kind, schönes Kind, schönes Kind, sang es in ihm und seine Zähne klapperten leise dazu. Wie lange hatte er nicht mehr geschlafen?

Hier war Ruhe und Frieden. Der Römische Garten. Einst Privatbesitz eines hanseatischen Bankiers, heute längst öffentlicher Park – allerdings ohne Öffentlichkeit. Hierher kam nur selten jemand. Große Treppe, unterster

Absatz, dritte Stufe von oben. Ihr Lieblingsplatz. Er setzte sich und glaubte beinahe, ihre Stimme zu hören.

»Der Park kombiniert die Reize eines toskanischen Renaissancegärtchens mit hanseatischem Elbblick.« Solche Sachen ließ sie vom Stapel, ohne groß darüber nachzudenken. Oder auch: »Das Elbufer bei Blankenese gleicht einem palermitanischen Golf, hat Fontane einmal geschrieben!« Die Renaissance war ihm bis dahin kaum ein Begriff gewesen, und Fontane hätte er ohne weiteres für einen italienischen Springbrunnen gehalten.

Er lächelte und strich sanft über die glatte Rundung der Leinentasche, die auf seinen Schenkeln lagerte. Leg deinen Kopf in meinen Schoß, mein Liebling. Nur einmal noch.

Bevor ich dich nach Hause bringe ...

Ins Röhrchen blasen, Schadensprotokoll, Versicherungskarte. Gunda Siebert wusste kaum noch, wo ihr der Kopf stand. Zum Glück wich der nette Herr Krüger nicht von ihrer Seite – selbst jetzt, nach dem glücklichen Ende aller Formalitäten, bestand er darauf, sie persönlich aus der Wache zu geleiten.

»Gut, betrunken sind Sie nicht! Aber zahlen müssen Sie! Ich ruf jetzt Ihre Versicherung an – Sie hören dann von mir!«, giftete Philip Caspersen den beiden hinterher, dann waren sie endlich draußen.

Frau Siebert atmete tief durch. »Mannomann – ist Ihr Kollege immer so drauf?«

»Das Auto gehört seinem Schwiegervater«, versuchte Lothar eine vorsichtige Erklärung.

Gunda Siebert verdrehte die Augen gen Himmel und seufzte. »Muss mein Glückstag sein!«

Lothar kniete bereits neben ihrem lädierten Kleinwagen und zerrte vergeblich am eingedrückten Kotflügel über dem platten Reifen. »Sieht echt nicht gut aus.«

Gunda hockte sich verzweifelt neben ihn. »Ich muss zum Flughafen, da wartet mein Chef – wenn ich nicht gleich ein Taxi nehme ... Was mach ich bloß, verdammt?«

Armes Mädchen, dachte Lothar mitfühlend, und so ein sympathisches Gesicht ... er überlegte nicht lange.

»Wann kommen Sie wieder?«

»Übermorgen Abend, ist nur eine Geschäftsreise nach München – warum wollen Sie das wissen?«

»Lassen Sie den Wagen hier stehen! Nach Feierabend beule ich den Kotflügel aus und ziehe das Reserverad auf – dann können Sie Ihr Auto übermorgen in Ruhe abholen!«

Gunda Siebert war überrascht. »Das würden Sie für mich tun?«

Lothar nickte bescheiden. »Mach ich gern für Sie!«

Sie musterte ihn prüfend. Mit Männern hatte sie so ihre Erfahrungen gemacht, aber der hier war in Ordnung, das war zu spüren. Sie fühlte sich gerührt und erleichtert.

»Würden Sie mir noch einen Gefallen tun?«

Er nickte bereitwillig.

»Bringen Sie mir den Wagen übermorgen Abend um neun nach Hause? Ich warte mit dem Essen auf Sie.«

Auf seinem Gesicht ging die Sonne auf! Lächelnd drückte Gunda Siebert ihm Autoschlüssel und Fahrzeugpapiere in die Hand. »Muss tatsächlich mein Glückstag sein ...«

Lothar strahlte zurück. »Meiner ganz sicher!«

Ein Königreich für eine Dusche! Henning Schulz mochte sich selbst schon nicht mehr riechen. Das Treppenhaus, in dem sie sich gerade befanden, machte alles noch schlimmer. Es stank säuerlich nach Schimmelpilz, verkochtem Essen und feuchter Wäsche, und durch diese Wolke waberte er selbst mit seiner fischigen Aura Marke »Jansen KG«.

»Also, an der richtigen Tür sind wir jedenfalls!« Hariklia Möller studierte das mehrfach überklebte Namensschild neben dem Klingelknopf. Auf einem Stück Heftpflaster stand, mit Kugelschreiber in ungelenken Großbuchstaben hingekritzelt, der Name »M. FERNANDEZ«. Harry klingelte noch einmal und betrachtete die schäbige Umgebung: Von der Wohnungstür blätterte die Farbe, und von den Mietern konnte sich garantiert keiner mehr daran erinnern, wann das Treppenhaus zum letzten Mal gereinigt worden war. Ganz schön hart, so zu wohnen, dachte Harry. Doch gerade für Ausländer, die womöglich erst vor kurzem nach Deutschland gekommen waren, war es schwer, etwas Besseres zu finden. Die Zivilfahnderin kannte das Problem nur zu gut. Ihre eigene Familie stammte aus Griechenland.

»Die ist nicht da«, drängte Henning. »Komm, wir rufen sie morgen an! Das reicht doch.«

»Okay«, stimmte Harry zu. »Einmal noch.«

Sie klingelte wieder. Plötzlich legte Henning sein Ohr an die Wohnungstür. »Da ist jemand!«, flüsterte er seiner Partnerin zu, die sofort seinem Beispiel folgte und konzentriert an der Tür lauschte. Richtig – da war ein unterdrückter Laut zu vernehmen, dann noch einer …

»Da weint jemand!« Harry war sich ganz sicher. Sie klopfte jetzt hart an die Tür. »Frau Fernandez? Ich bin es! Die Polizistin, mit der Sie heute gesprochen haben! Bitte, machen Sie auf!«

Einen Moment lang passierte gar nichts, dann drehte

sich ein Schlüssel im Schloss und die Tür wurde einen Spalt breit geöffnet – immer noch gesichert durch eine übergelegte Kette. »Sí?«

»Frau Fernandez, wir –« Harry stockte der Atem: Der schmale Streifen Gesicht, der im Türspalt sichtbar wurde, sah aus, als hätte man ihn mit dem Fleischklopfer bearbeitet. Maria Fernandez war brutal verprügelt worden! »Was ist passiert? Wer hat das getan?«

Der Spalt schloss sich bis auf einen winzigen Rest. »Niemand!«, hörte man die Frau mit gequälter Stimme murmeln. »Ich bin gestürzt ...«

Henning schob die Wohnungstür wieder energisch auf, bis die vorgelegte Sicherheitskette blockierte. Für einen Moment waren deutlich das verquollene Gesicht und ein blauviolett unterlaufenes Auge zu erkennen, dann zog sich die Fernandez in den Schatten zurück.

»Bitte, gehen Sie!«

Harry trat dicht an die Tür heran. »Frau Fernandez, wir waren bei Ihrem Chef.«

Plötzlich warf sich Maria Fernandez drinnen mit aller Macht gegen die Tür – sie schlug vor den Zivilfahndern zu und der Schlüssel drehte sich wieder im Schloss. »Vergessen Sie die Anzeige!«, hörten sie die Frau drinnen schreien. »Gehen Sie endlich ...« Der Satz verklang in Schluchzen, ihre Schritte entfernten sich in den Tiefen der Wohnung, dann herrschte Stille.

Harry hämmerte frustriert mit den Fäusten an die Tür, bis ihr Partner sie sanft zurückzog.

»Zwecklos, Harry! Wenn sie nicht will, können wir nichts machen. Und wenn sie es sich anders überlegt, weiß sie, wo sie uns findet.«

Es war einfach himmelschreiend ungerecht. Er hatte den ganzen Ärger mit dem kaputten Benz. Nach Feierabend zur Werkstatt fahren, morgen wieder mit dem Fahrrad zur Arbeit. Außerdem noch die peinliche Beichte bei Hannas Vater, der garantiert insgeheim glauben würde, er, Philip, habe die Limousine so dämlich geparkt, dass man quasi hineinfahren *musste*.

Philip Caspersen spähte verstohlen zu Lothar Krüger hinüber, der, offenbar glänzender Laune, fröhlich pfeifend seiner Arbeit nachging. Total ungerecht! Der Frau, die ganz allein schuld an dem Unfall war, reparierte Lothar das Auto mit Frei-Haus-Service, während Philip, der doch rein gar nichts für das Malheur konnte, selbst zusehen musste, wie er mit seinem Schaden klarkam! Echt toll, der Kollege ...

Das Klingeln des Telefons riss ihn aus seinem Selbstmitleid. Caspersen meldete sich und stöhnte innerlich auf, als er die Stimme erkannte – die Alte mit der Schlange im Treppenhaus!

»Behnke, Helga Behnke! Junger Mann, wir haben doch gestern schon telefoniert, Herr Kasperle, nicht wahr?«

»Caspersen.«

»Sag ich ja! Und ich hab auch Ihren Rat befolgt und bin zu unserem nichtsnutzigen Hausmeister hin. Erst wollte der ja nicht, aber ich sag zu ihm, hör mal gut zu, Herr Wohltat – der Mann heißt wirklich so! Ist der reinste Etikettenschwindel, ›Untat‹ sollte der heißen, der Faulpelz! Jedenfalls, ich sag, die Polizei hat gesagt, du sollst im Treppenhaus hinter dem Gummibaum nachgucken, ob die Schlange noch da ist, die ich da gesehen habe, und deswegen –«

»Und? War sie noch da?«, versuchte Philip den Redeschwall der alten Dame abzukürzen.

»Nee.« Frau Behnke zeigte sich durch die Unterbrechung irritiert.

»Dann ist ja alles in bester Ordnung!«, frohlockte Philip.

»Nee!«

»Wieso nee?« Jetzt war Philip verblüfft. »Die Schlange ist weg, was denn noch?«

»*Die* Schlange ist weg! Aber die andere, die war vorhin noch da!«

»Noch eine Schlange? Nicht dieselbe von gestern?«

»Noch eine!«, triumphierte Frau Behnke. »Die gestern war grün, die heute so bräunlich ... rostbraun, würd ich sagen!«

»Und wo haben Sie die Schlange gesehen?«

»Im Keller! Mein Marillenlikörchen war alle und ...«

Nachtigall, ick hör dir trapsen, dachte Philip und hakte sofort nach. »Frau Behnke – hatten Sie vielleicht schon etwas von Ihrem Likörchen genippt?«

»Genippt?« In Frau Behnkes Stimme schwang reine Empörung. »Glauben Sie, man wird 82 und ist noch so gut beieinander wie ich, wenn man bloß *nippt*? Ich verrate Ihnen mal was, junger Mann: Mein Marillenlikörchen ist selbst gemacht, altes Familienrezept! Ein Glas nach dem Mittagessen, eins zum Kaffee, und abends einen kleinen Schlummertrunk – damit wird man älter als die Knacker im Kaukasus mit ihrem ollen Knoblauch! Meine Mutter ist mit 96 gestorben, aber das war ein Unfall, und meine Großeltern –«

»Die Schlange vorhin«, unterbrach Philip resolut, »war das vor oder nach dem Likörchen?«

»Werden Sie ja nicht kiebig, junger Mann! Wenn hier einer duhn war, dann Wohltat, dieser Tunichtgut von einem Hausmeister! Der stank wie ein Bierfass, als ich ihn in den Keller gezerrt hab, damit er das Biest einfängt!«

Ist ja ein tolles Haus, dachte Philip. »Und? Hat er es eingefangen?«

»Nee. Einfach futsch, das fiese Reptil«, gab Frau Behnke kleinlaut zu, »nix mehr zu sehen!«

Jetzt reicht's, fand Philip. »Dann bitte ich doch darum, dass Sie erst wieder anrufen, wenn die grüne oder die rostbraune Schlange oder von mir aus auch alle beide gleichzeitig greifbar sind!«

Am anderen Ende der Leitung schnaubte es verächtlich. »Wie Sie meinen, Herr Kasperle!« Dann wurde aufgelegt.

Der Tag der durchgeknallten Weiber, dachte Philip und legte ebenfalls auf. Die eine sieht Spinnen, die andere erfindet Schlangen. Musste irgendwie an den Hormonen liegen. Und am hausgemachten Likörchen, natürlich. Und er durfte das alles ausbaden. Ungerecht, himmelschreiend ungerecht!

»... wich auf der Kreuzung Fruchtallee und Eppendorfer Weg einem ordnungsgemäß abbiegenden Fahrzeug abrupt aus und kollidierte mit einem Laternenmast. Der beim Fahrer durchgeführte Alkoholtest ergab einen Wert von 1,6 Promille, sein Wagen, ein Audi vom Typ 60 L, Baujahr 1972, wies erhebliche fahrzeugtechnische Mängel auf und wurde deshalb umgehend polizeilich stillgelegt. Unter anderem ...«

Dirk reckte sich und schüttelte die Hände aus. Er hatte schon tausende Unfallprotokolle wie dieses geschrieben, doch über ein gepflegtes Zwei-Finger-Suchsystem war er an der Schreibmaschine nie hinausgekommen. Er war lieber draußen unterwegs, aber diese Berichte gehörten eben auch dazu. Wie viele Meter Akten er während seiner Polizeilaufbahn wohl schon produziert haben mochte?

Polizistenalltag. Nach dem Besuch bei dem kleinen Lukas Blohm hatten Svenja und Dirk noch zwei Einsätze gehabt: einmal der Verkehrsunfall mit dem betrunkenen Audi-Fahrer, dann ein Ladendiebstahl, bei dem der Täter flüchtig war. Sie würden ihn später erwischen, irgendwann. Irgendwann war immer das eine Mal zu viel. Vielleicht schon morgen.

Morgen hab ich dienstfrei, fiel es Dirk ein. Svenja auch. Er sah verstohlen zu seiner Kollegin hinüber, die am Schreibtisch gegenüber den Bericht über den Ladendiebstahl tippte – natürlich perfekt mit zehn Fingern, wie Dirk beiläufig registrierte. Schlägt sich wacker, das Mädel – wenn man so bedachte, was während der beiden letzten Tage alles los war: das Ding mit dem Videodreh, der versackte Schulbus, Herbert Lornsen, der kleine, blinde Junge ...

»Die Stadtentwässerung macht's.« Bernd Voss, der Revierchef, trat zu Dirk an den Schreibtisch. »Sobald die Kripo grünes Licht gibt, werden die Reparaturarbeiten am Billhorner Röhrendamm vorangetrieben!«

»Das ging ja wider Erwarten flott!«

Voss nickte. »Das Verschulden lag ziemlich eindeutig bei dieser Behörde. Die Kanaldecke war dem heutigen Verkehrsaufkommen längst nicht mehr gewachsen! Allerdings hatte man diesen stillgelegten Abschnitt bei der Stadtentwässerung schon längst nicht mehr auf der Rechnung. Die wussten gar nicht, dass es den überhaupt gibt! Deswegen hat da auch nie jemand die Wände geprüft oder so ...«

Plötzlich verstummte Voss. Der ganze summende

Dienstbetrieb schien für einen Moment zu ruhen, Schreibmaschinen und Tastaturen hörten auf zu klappern, Köpfe wandten sich in Richtung Tür, durch die sich eben ein kleiner, untersetzter Mann schob. Die Resthaarpracht seiner verschwitzten Halbglatze war zum Pferdeschwanz gebunden, eine grelle Krawatte setzte das Ausrufezeichen auf den Boss-Anzug, der vermutlich ein vergeblicher Versuch war, Seriosität zu demonstrieren. Trotz seiner durchaus nicht alltäglichen Erscheinung galt die allgemeine Aufmerksamkeit jedoch nicht ihm, sondern seiner Begleiterin – einer jungen Frau mit atemberaubend eng geschnittener Leopardenhose, strassflimmerndem Top und einem Gesicht, dessen Schönheit nicht einmal die wüste Zottelfrisur darüber beeinträchtigen konnte. Den Eindruck jugendlicher Energie trübte jedoch ihr Gipsarm, der schwer in einer Schlinge hing ...

»Das ist Inga Rosa – die Sängerin!«, zischte Philip Caspersen aufgeregt dem staunenden Lothar zu – ganz vergessend, dass er eigentlich heute mit dem Kollegen nicht mehr reden wollte. Gebannt verfolgten sie, wie das auffällige Duo zielsicher zu Dirks Schreibtisch strebte.

»Hauptmeister Matthies ...« Der Kleine mit dem Pferdeschwanz baute sich vor dem Polizisten auf, der ihn nur abwartend musterte. Bernd Voss und Svenja hielten sich im Hintergrund, während alle anderen im Dienstraum wieder ihre Arbeit aufnahmen – oder zumindest so taten.

»Brunckhorst, David Brunckhorst!« Der Kleine streckte seine Hand aus. Dirk regte sich nicht, Brunckhorst zog die Hand schnell zurück, als sei nichts gewesen. »Ich bin der Manager von Frau Rosa. Ich vertrete ihre geschäftlichen und künstlerischen Interessen.«

Dirks Blick bohrte sich in die großen dunklen Augen der Sängerin, die ihm unbewegt standhielt. Brunckhorst tänzelte unruhig, redete aber unbeirrt weiter auf Dirk ein.

»Durch Ihr gewaltsames Eingreifen in unsere Videoproduktion haben Sie erheblichen Schaden angerichtet, Herr Matthies! Es geht nicht nur um eine Entschädigung für die toten Hunde und ein paar kaputte Lampen. Der Clip wird nicht termingerecht fertig – Sie haben wahrscheinlich keine Ahnung, was da alles dranhängt ...« Seine Sorgenfalten warfen Furchen bis zum Glatzenansatz.

Dirk wandte sich jetzt wieder dem Manager zu. »Ich bin versichert.«

»Auch gegen Dienstaufsichtsbeschwerden?« Brunckhorst nahm jetzt Fahrt auf. »Sie können und werden jede Menge Scherereien bekommen, Matthies! Der Fall hat viel Staub aufgewirbelt –«

»Was wollen Sie hier eigentlich?« Allmählich verlor Dirk die Geduld. »Anzeige erstatten? Bitte – wenden Sie sich an einen der Kollegen hier!«

Brunckhorst schüttelte energisch den Kopf. »Der Fall hat viel Staub aufgewirbelt, sage ich – und darin liegt eine echte Chance! Für Sie – und für uns!«

»Bitte?«

Der Kleine fuchtelte mit den Armen, sein schütterer Pferdeschwanz wippte aufgeregt dazu. »Ich erklär's Ihnen: Sie waren gestern der Hit im Radio und in den Schlagzeilen! Die Leute haben gebrüllt vor Lachen. Das ist Ihnen vielleicht peinlich, aber trotzdem: Das ist Gold wert! Ich bin ein alter Branchenfuchs, glauben Sie mir!«

»Na und?«

»Wir ändern unser Video. Inga Rosa singt *»Rette mich!«*, zwei Hunde fallen über sie her, Hauptmeister Matthies greift ein und schießt sich durch, genau wie gestern, nur diesmal mit Platzpatronen. Sie spielen mit, und wir nehmen von jeder Anzeige gegen Sie Abstand. Wir zahlen sogar ein Honorar! Was sagen Sie dazu?«

Jeder im Raum lauschte mit gespitzten Ohren.

»Möchten Sie auch einen Gips?«

Brunckhorst registrierte plötzlich, wie ihn der Blick des Polizisten eisig durchbohrte. Unwillkürlich musste er schlucken, dann machte er auf den Hacken kehrt und prallte unsanft auf Lothar Krüger, der ihn verlegen anlächelte.

»Vielleicht geht das ja auch mit einem anderen Polizisten – was zahlt ihr denn so?«

Brunckhorst schnaubte genervt, kurvte um Lothar herum und strebte zur Tür. Die Sängerin folgte ihm auf dem Fuße.

Voss grinste Dirk augenzwinkernd an. »Wieder eine Chance zum Weltruhm verpasst!«

Dirk grinste zurück. »Wieso? Ich bin schon berühmt, hast du doch eben gerade gehört!«

Das launige Geplänkel wurde von Philip Caspersen unterbrochen, der mit einem Zettel in der Hand zu ihnen trat und prompt von Dirk zu hören bekam: »Willst du ein Autogramm?«

Philip ignorierte das Angebot und drückte Dirk den Zettel in die Hand »Ein Notruf. Ein Ehepaar namens van Rijkhoff. Auf ihrem Grundstück am Falkenstein gab es einen Eindringling. Der 14/1 ist bei dem Einbruch auf der Uhlenhorst, der 14/3 ist unterwegs zur Demo auf der Mönckebergstraße ...«

Dirk seufzte und gab Svenja einen Wink. »Schon gut. Wir haben zwar gleich Feierabend, aber was soll's? Der 14/2 meldet sich ab zum Einsatz!«

Eben noch im prallen Leben der Großstadt, jetzt mitten im Wald. So kam es Dirk jedenfalls vor. Auf den riesigen Grundstücken des Falkensteins lagen die noblen Anwesen so weit auseinander, dass man sich weit draußen auf dem Lande wähnte. Gut abgeschirmt voneinander lagen Villen hinter Mauern, Hecken und Waldstreifen – eine Welt der automatischen Pforten und Tore, die sich jedoch beileibe nicht für jeden automatisch öffneten. Wer hier lebte, blieb lieber unter sich und seinesgleichen. Der Zirkel war erlesen und klein. Man traf sich nicht auf irgendeinem Tennisplatz, man hatte selbst einen im Park. Oder auch zwei oder drei, vielleicht mit unterschiedlichem Belag. Selbst bei den oberen Zehntausend gibt es noch die oberen Einhundert, dachte Dirk – und die lebten hier.

Svenja wies auf ein massives Tor mit verschnörkelten Kunstschmiede-Arbeiten. »Das muss es sein!«

Auf ihr Klingeln hin zoomte ein Kameraauge auf den Streifenwagen, dann glitt das Tor beiseite und gab die Einfahrt frei. Langsam rollten sie einen geschotterten Weg entlang, beinahe eine Allee – zur Hälfte wenigstens. Die eine Seite säumte bereits eine Reihe frisch gepflanzter Ahornbäume, die noch jungen Kronen exakt in Kugelform getrimmt. Auf der anderen Seite hatte ein kleiner Bagger, der jetzt in der Dunkelheit am Wegrand parkte, bereits tiefe Löcher für die samt Ballen daneben liegenden Bäume ausgehoben.

Hinter mächtigen Rhododendren kam das Haus in Sicht. »Residenz« wäre die angemessene Bezeichnung, befand Dirk – ein klotziger Bau mit säulengestützten Vordächern, großzügigen Freisitzen und verspielten Erkern.

»Fehlen bloß noch Fledermäuse und Käuzchengeschrei!«, bemerkte Svenja.

»Lady Dracula ist bereits zur Stelle«, erwiderte Dirk und nickte zur geöffneten Haustür hinüber, von der aus ihnen eine hochgewachsene, gertenschlanke Frau entgegensah.

»Ex-Model – wetten?«, spekulierte Svenja und stieg aus dem Wagen. Dirk folgte ihr zu der wartenden Frau.

»Guten Abend, wir sind vom 14. Revier! Frau van Rijkhoff?«

Sie nickte. »Kommen Sie mit in den Salon, bitte.«

Die Polizisten folgten ihr. Von hinten Lyzeum, von vorne Museum, fiel Svenja spontan ein. Frau van Rijkhoffs makellose Figur ließ garantiert die meisten Frauen, auch wesentlich jüngere, vor Neid erblassen. Im Gesicht konnte sie jedoch die Jahre nicht ganz verbergen. Svenjas scharfes Polizeiauge taxierte sie auf Anfang vierzig – vielleicht sogar auf mehr.

Der Salon war eine viktorianische Gruft voll schwerer Stilmöbel, einem prasselnden Kaminfeuer und einer großen Fensterfront, die den Blick auf die Terrasse und den dezent, aber wirkungsvoll beleuchteten Park eröffnete. Der Mann, der sich jetzt aus einem Ledersessel erhob und ihnen charmant lächelnd entgegentrat, war wahrscheinlich gut zwanzig Jahre älter als seine Frau – eigentlich nicht viel jünger als Lornsen, dachte Svenja, aber was für ein Unterschied! Van Rijkhoff wirkte geistig wie körperlich fit wie ein Mann in den besten Jahren.

»Ah, die Polizei! Danke, dass Sie so unverzüglich gekommen sind – obwohl, muss ich leider anmerken, vermutlich gar kein Anlass dafür bestand …«

»Da war jemand, Richard!«, wandte seine Frau trotzig ein.

»Sicher, Gabi.« Richard van Rijkhoff zuckte entschuldigend mit den Schultern. »Meine Frau ist wunderbar, aber ein bisschen schreckhaft.« Er zwinkerte Svenja zu. »Sie vermutlich nicht – bei Ihrem Beruf ...«

Der alte Sack flirtete tatsächlich mit ihr. Svenja fasste es nicht.

»Am besten, Sie erzählen mal der Reihe nach«, bat Dirk um Aufklärung. »Sie waren den ganzen Abend hier, Frau van Rijkhoff?«

Sie nickte Dirk dankbar zu und begann zu berichten. Sie hatte ein paar Runden im Pool gedreht – im Souterrain gab es ein bescheidenes Hallenbad –, während ihr Mann neben dem Kamin Zeitung las. Als sie nach dem Schwimmen den Salon betrat, um sich zu ihm zu gesellen ...

»... da stand dieser Mensch auf der Terrasse, höchstens einen Meter von der Scheibe weg! Ich hab mich so was von erschrocken!«

»Du hast geschrien«, bemerkte ihr Gatte wenig taktvoll. »Und zwar wie am Spieß!«

»Haben Sie den Mann auch gesehen?«, wollte Svenja wissen.

»Nicht die Spur. Ich habe die Außenbeleuchtung eingeschaltet und draußen nachgesehen – nichts! Aber Gabi bestand darauf, Ihnen die Zeit zu stehlen.« Scheinbar ganz beiläufig zwinkerte er der hübschen Polizistin verschmitzt zu. Sie tat so, als nähme sie keine Notiz davon. Gibt gern den Charmeur, aber nicht seiner Frau gegenüber – wenig sympathisch, fand Svenja.

Dirk stutzte. »Sie waren beide allein hier, aber die Außenbeleuchtung war ausgeschaltet? Haben Sie auch eine Alarmanlage?«

»Selbstverständlich! Allerdings war auch die nicht aktiviert.« Van Rijkhoff lächelte verlegen. »Unsere Hausangestellte ist gegen 16 Uhr gegangen. Sie kommt nur tagsüber, wir empfinden es als unangenehm, mit dem Personal unter einem Dach zu leben. Normalerweise schalten wir die Anlage ein, wenn Frau Reimers uns verlässt, aber heute ... Wir lassen gerade eine Anzahl Bäume pflanzen.«

Dirk nickte ungeduldig. »Haben wir gesehen.«

»Die Männer vom Gartenbaubetrieb haben noch bis zum Anbruch der Dunkelheit gearbeitet! Ständig sind sie mit ihrem Pritschenwagen und dem Bagger vom Grundstück rauf und runter. Da konnte ich die Alarmanlage noch nicht scharfmachen! Und später habe ich nicht mehr daran gedacht.«

»Vielleicht hat einer der Gärtner bloß etwas vergessen und ist zurückgekehrt, um es zu holen«, überlegte Dirk, und Svenja spann den Faden weiter: »Und dann hat er noch einen Blick durchs Fenster riskiert – aus purer Neugier, so was kommt schließlich vor.«

»Wie einer von den Gärtnern sah er eigentlich nicht aus«, zweifelte Gabi van Rijkhoff, »allerdings habe ich ihn auch nicht besonders gut gesehen, muss ich zugeben! Es war mehr ein Schatten – vielleicht noch nicht einmal ein Mann ...«

»Tja, dann ...« Ihr Gatte hob bedauernd die Schultern. »Entschuldigen Sie, dass Sie den Weg hierher umsonst auf sich nehmen mussten!« Wieder zwinkerte er Svenja verstohlen zu. »Oder möchten Sie noch bleiben? Auf einen Drink vielleicht?«

Sie zwinkerte zuckersüß zurück. »Nein, danke. Das wäre Ihnen sicher unangenehm – mit dem Personal unter einem Dach ...«

Es regnete in Strömen, als Lothar Krüger in der Polizeiwache des 14. Reviers hinter seinem Schreibtisch Platz nahm. Der Frühling hatte sich vorübergehend verabschiedet, doch Lothars Stimmungsbarometer stand auf Hochsommer. Er hatte von der schnuckeligen Gunda Siebert geträumt, und dieses Traumes gedachte er sich heute – Dienst hin oder her – möglichst lange und intensiv zu erinnern. Und dann wäre da noch der liebe Kollege Philip Caspersen, dem er eine kleine Lektion zu erteilen gedachte! Lothar kicherte in sich hinein und peilte in seine abgegriffene Aktentasche: Zwischen Zeitung, Butterbrot und einigen Unterlagen glänzte eine glibberige, haarige Spinne ...

Bernd Voss, der Revierchef, sah einen Augenblick lang vom Flur aus durch die offene Seitentür des Dienstraums. Matthies und Menzel haben frei, Schultheiß ist krank, Berger auf Fortbildung, rekapitulierte er schnell. Ansonsten alle an Deck, ausreichend besetzt. Zufrieden ging er weiter. Gutes Revier. Rolf Bogner, sein Vorgänger, hatte ihm einen geordneten Laden hinterlassen.

Die Zivilfahnder saßen schon in ihrem kleinen Büro, als Voss hereinkam.

»Moin, ihr beiden! Ich hab was für euch.« Er setzte sich auf einen freien Stuhl, während Hariklia Möller und Henning Schulz ihren Chef erwartungsvoll ansahen.

»Der Zoll bittet um Unterstützung. Man bittet um erhöhte Zivilstreifenpräsenz.«

»Nach wem oder was suchen die denn?«, wollte Harry wissen.

Voss zuckte mit den Achseln. »Das ist ziemlich unklar, leider.«

Henning sah den Chef verwundert an. »Der Zoll sucht etwas, aber weiß nicht mal genau, was eigentlich? Muss man das verstehen?«

»Du weißt doch, wie so etwas läuft!«, versuchte Voss

eine Erklärung. »Wir haben doch auch unsere halbseidenen Informationsquellen! Da heißt es denn, da oder da steigt eine heiße Aktion – aber keiner weiß Genaues! Der Zoll weiß nur: Irgendwo am Schwedenkai ist etwas faul!«

Die Zivilfahnder wechselten einen verblüfften Blick. »Am Schwedenkai ...«, murmelte Harry nachdenklich, und Voss merkte auf.

»Sagt euch das was?«

»Kann schon sein«, entgegnete Henning und nickte seiner Partnerin zu. »Wir sind da hin und wieder.«

»Jetzt noch öfter!« Harry schob entschlossen den Stuhl zurück und griff nach ihrer Jacke.

Svenja stellte die Atmung ein und hielt sich die Nase zu. Ein gewisses Würgen in der Kehle ließ sich jedoch trotzdem kaum unterdrücken. Sie spürte, wie Dirk sie von der Seite her angrinste. Der Typ war einfach unglaublich! Von wegen, freier Tag ...

Wenigstens hatte sie länger geschlafen als gewöhnlich, auch wenn das Bild des abgezehrten Herbert Lornsen in seinem Altersheim-Bett alle Geschehnisse der letzten Tage überlagert und sie bis in ihre Träume verfolgt hatte. Dann, als Svenja gerade abwog, ob sie lieber durch den regennassen Park joggen – eher nicht! – oder sich mit einem Buch aufs Sofa werfen sollte – eher ja! –, hatte Dirk angerufen:

»Lust auf einen Museumsbesuch?«

Das haute Svenja glatt um. Matthies in seiner Freizeit auf Kulturpirsch, damit hätte sie nun wirklich nie gerechnet. Millerntor oder Motorradausflug, okay – aber Museum? Sie sagte spontan zu.

»Hast du schon gefrühstückt?«

Wollte er sie etwa auch noch zum Frühstück einladen? Was war denn mit dem los? »Ja – eigentlich schon«, hatte sie, der Wahrheit entsprechend, zugegeben.

»Das wirst du bereuen«, erklang es sibyllinisch am anderen Ende der Leitung, dann wurde aufgelegt ...

Svenja bereute es. Ihr Frühstück wollte genau dasselbe wie sie: einfach nur raus. Trotzdem stapfte sie tapfer hinter Dirk und ihrem Führer her. Aufgeben war noch nie ihr Ding gewesen.

Dirk hatte nicht gelogen. Ein Museumsbesuch war es schon. Ihr Kollege hatte sie von zu Hause abgeholt, dann waren sie zum Parkplatz hinter dem Alten Elbtunnel gefahren.

»Im Elbtunnel war ich schon oft!«

Dirk hatte nur gegrinst und sie zu einem unscheinbaren Gebäude zwischen Elbkante und Hafenstraße geführt, wo sie ein gut gelaunter älterer Herr in fleckigem Arbeitsoverall begrüßte: »Hallo! Mein Name ist Ole Kempinski, genannt Kanalratte! Herzlich willkommen im Sielmuseum!« Und dann folgte ein kleiner, launiger Vortrag über die Geschichte der Hamburger Stadtentwässerung. Von den finsteren Zeiten, da die Flüsse und Fleete der Stadt kaum noch etwas anderes waren als Müllkippen und Abwasserrinnen und trotzdem alles Trinkwasser aus ihnen stammte. Vom großen Stadtbrand 1842, nach dem man erstmals ernsthaft den Bau einer unterirdischen Kanalisation erwog und den englischen Ingenieur William Lindley mit der Planung beauftragt hatte. Was Svenja mit ihrem Frühstück kämpfen ließ, waren jedoch weniger die drastischen Schilderungen der erbärmlichen hygienischen Zustände von Anno Tobak als vielmehr der durchdringende Geruch, der in diesen heiligen Hallen herrschte.

»1845 waren die ersten elf Kilometer Siel fertig!«, erklärte Kempinski. »Glauben Sie aber nicht, dass das Wasser nun so sauber war wie heute!«

»Vom Tier in Hamburgs Wasserrohr, da kommen sechzehn Arten vor ...«, deklamierte Dirk, und Kempinski fiel sofort begeistert ein:

»Ein Neunaug', Stichling und ein Aal,
drei Würmer leben in dem Strahl.
Drei Muscheln und drei träge Schnecken,
sich mit den munt'ren Asseln necken.
Ein Schwamm, ein Moostier, ein Polyp,
die dringen lustig durch das Sieb.
An toten Tieren kommen raus:
Der Hund, die Katze und die Maus ...«

»Noch nicht gefunden sind, Malheur«, übernahm Dirk jetzt wieder, »der Architekt und Ingenieur!«

Kempinski applaudierte vergnügt. »Alter Hamburger, was? Diesen Spottvers kannte im 19. Jahrhundert jedes Kind der Stadt!«

»Hat mir mein Opa beigebracht«, bestätigte Dirk. »Und dessen Vater konnte sich noch gut an die Cholera-Epidemie von 1892 erinnern!«

Entzückend, dachte Svenja. Und ich könnte jetzt auf meinem Sofa liegen. Aber vielleicht hatte sie sich ja allmählich an den Gestank gewöhnt? Testweise schnupperte sie ein wenig und verzog sofort wieder das Gesicht: An manche Dinge gewöhnte sie sich nie, und diese Luft hier gehörte eindeutig dazu ...

Kempinski führte seine beiden Gäste zu erleuchteten Vitrinen, voll gestopft mit kuriosen Gegenständen. »Diese Sammlung beherbergt nur einen kleinen Teil der Dinge, die meine Kollegen und ich im Laufe der Jahrzehnte aus den Abwässern gefischt haben«, erklärte er und wies auf das Sammelsurium. »Spielzeug, Kleidung,

Werkzeug, Schmuck, eigentlich alles! Sie glauben zum Beispiel nicht, wie viele Gebisse wir schon gefunden haben! Die Leute wanken zum Klo, übergeben sich, spülen nach und wundern sich hinterher, wo die Beißerchen geblieben sind!« Er grinste. »Alles hier! Ich sage Ihnen: Nichts steckt so tief in der Scheiße, als dass es nicht irgendwann wieder hochkommt!«

Mir kommt's auch gleich hoch, dachte Svenja, aber Dirk schien brennend interessiert. »Alle Abwässer kommen zentral hier an?«

Kempinski nickte. »Stellen Sie sich das ganze Kanalisationssystem wie einen verzweigten Baum vor. Alle Zweige sammeln sich in einem Stamm. Tatsächlich gibt es in Hamburg drei große Sammler, aber alle münden hier unter uns.«

Daher der bestialische Gestank, dachte Svenja und schloss ebenso entsetzt wie ergeben die Augen, als ihr Kollege sofort nachhakte: »Können wir das mal sehen?«

»Sicher«, meinte Kempinski, zögerte aber noch und kramte aus einer Schublade ein Formular hervor. »Sie müssten mir vorher nur dies hier noch unterschreiben.«

Svenja zog sich das Formular heran. »Worum geht es?«

»Eine kurze Aufklärung über die Gefahren der Weiler'schen Krankheit. Davon haben Sie wahrscheinlich noch nie etwas gehört, falls Sie noch nie in der Kanalisation gearbeitet haben.«

Sie überflog das Blatt misstrauisch. Auch Dirk wirkte jetzt nicht mehr ganz so begeistert, als sie laut zitierte. »Eine von Ratten durch Kot oder Urin übertragene Krankheit mit meist tödlichem Verlauf ...«

»Seit Jahrzehnten nicht mehr vorgekommen!«, winkte Kempinski wegwerfend ab. »Reine Formsache!«

»Nett, so ein freier Tag mit dir!«, knurrte Svenja ihren Kollegen an und unterschrieb. Dirk blinzelte entschuldigend und setzte ebenfalls seinen Namen unter die Erklärung. Dann folgten sie Kempinski durch eine Tür, hinab in die Katakomben, durch einen schmalen, niedrigen Gang. Der Gestank traf sie wie ein Hammer. Svenja hatte Mühe, auf den Beinen zu bleiben. Auch Dirk wirkte stark angeschlagen. Nur Kempinski schritt so munter voran, als würde er eine Gruppe Touristen durch die Kunsthalle führen.

»Gleich befinden wir uns in der so genannten ›Bootskammer‹!«

Der Gang erweiterte sich zu einem beachtlichen Gewölbe. Unter ihnen ergoss sich ein trüber Strom, so breit, dass tatsächlich ein Boot darauf vertäut lag.

»Hier fließen zwei der drei Stammsiele zusammen! Es empfiehlt sich, nicht ohne Kahn auf der Scheiße zu fahren!«, übertönte Kempinski das gurgelnde Grauen mit sonnigstem Humor. »Wenn Sie möchten, können wir noch weiter in den Rechenraum! Da sind vier große Stahlrechen, die permanent die Abwässer durchforsten und alle größeren, festen Gegenstände auf ein Förderband abfischen.«

»Gequirlte Scheiße«, murmelte Dirk, reichlich blass um die Nase.

Svenja raffte sich zu einem unverbindlichen Lächeln auf. »Danke. Wir haben genug!«

Minuten später stand sie zusammen mit ihrem Kollegen im prasselnden Regen auf den Landungsbrücken und sog dankbar die kühle Luft ein.

»Kanalratte Kempinski hat gleich Schluss im Museum«, sagte Dirk. »Ich möchte noch ein paar Dinge von ihm über Siele wissen. Speziell über das, wo das Skelett gefunden wurde. Wir gehen in Big Harrys Eck. Kommst du mit?«

Sie funkelte ihn zornig an. »Hör zu, Dirk Matthies! Ich gehe jetzt in die Badewanne – mit Lavendelöl, Duftlampe und allen Schikanen. Und wenn ich den Stöpsel ziehe, so nach zirka zwei, drei Stunden – dann will ich vergessen haben, wo das Dreckwasser hinläuft!« Damit ließ sie ihn stehen und eilte in Richtung U-Bahnhof.

Der Lieferwagen rollte aus der Einfahrt, bremste kurz ab und fädelte sich in den laufenden Verkehr ein. »Fisch ist ein Stück Leben« stand groß auf der Seite des Transporters. Von wegen, dachte Henning, in der Dose sehen die Dinger immer ganz schön tot aus. Im tropfnassen Außenspiegel verfolgte er den Weg des Lieferwagens bis zum Verschwinden hinter der nächsten Ecke. Das war auch schon das Highlight der letzten Stunde gewesen. So lange saßen sie bereits in ihrem zivilen Dienstfahrzeug, geparkt gegenüber der Firma Jansen, und versuchten, alles im Blick zu behalten – was in Anbetracht des heftigen Regens und der allmählich beschlagenden Scheiben gar nicht so leicht fiel.

»Ein Fisch-Lieferwagen, der die Ware aus dem Fisch-Großhandel zu den Fischläden bringt!«, konstatierte Harry. »Sieht nicht so aus, als müssten wir über unsere heutigen Dienstaktivitäten lange Berichte schreiben!«

»Einfach auf gut Glück hier herumzuhängen bringt nichts!«, meinte Henning. »Wir stochern doch völlig im Nebel.«

»Wir stochern ja nicht mal!«

»Wie auch, wenn man nicht mal weiß, wonach man sucht?«

Harry überlegte. »Da ist Maria Fernandez, Arbeiterin

bei der Firma Jansen am Schwedenkai – einer Firma, deren Gelände ungewöhnlich gut gesichert ist. Der Arbeiterin fallen merkwürdige Kisten im Lagerraum auf, bevor sie gefeuert wird. Da ist der Zoll, der gerüchteweise die Information besitzt, dass am Schwedenkai etwas Illegales läuft. Und dann wurde die Fernandez verprügelt, nachdem sie bei uns auf der Wache gewesen ist!«

»Die Fernandez ist wegen Suff gefeuert worden«, hielt Henning dagegen. »Darüber hat sie sich geärgert und deshalb wollte sie sich an ihrem Ex-Chef mit einer Anzeige rächen. Vielleicht hat ihr Freund oder Ehemann sie anschließend vermöbelt, weil sie sich um den Job gesoffen hat. Und was das Gerücht vom Zoll betrifft: Selbst wenn da was dran sein sollte ...« Er wies die Straße hinunter. »Hier gibt es nicht nur die Jansen KG!«

Harry lehnte sich im Sitz zurück und nagte nachdenklich an ihrer Unterlippe. Natürlich hatte Henning Recht: Nur weil etwas zusammenpassen *könnte*, musste es nicht zwangsläufig tatsächlich passend sein. Und falls bei Jansen wirklich etwas faul wäre – wie sollten sie das herausfinden? Einen Durchsuchungsbefehl würden sie, nur aufgrund der lauen Aussage von Maria Fernandez, nicht bekommen. Man müsste einen Weg finden, sich bei Jansen umzusehen – legal, aber trotzdem heimlich ...

»Wenn man ein Rätsel lösen soll, braucht man wenigstens ein paar klare Anhaltspunkte«, unterbrach Henning ihre Grübelei und grinste plötzlich schalkhaft herüber. »Wollen doch mal sehen, was du als Detektivin so drauf hast!«

»Das solltest du längst wissen!«, konterte Harry, doch ihr Partner ließ sich nicht beirren.

»Also los, Miss Marple: Du kommst in ein Zimmer. Dort liegen Heini und Erika tot auf dem Fußboden.«

»Dann ruf ich die Kripo!«

»Quatsch!«, wischte Henning ihren Einwand beiseite. »Weiter: Es ist kein Blut zu sehen. Der Teppich unter den Leichen ist nass, außerdem liegt ein zerbrochenes Glas auf dem Fußboden. Was ist passiert?«

»Ein Glas?« Harry fing Feuer. »Ich tippe auf Gift!«

»Leider falsch«, grinste Henning.

»Dann sind sie vielleicht –« Harry unterbrach sich abrupt und spähte durch die beschlagene Frontscheibe. »Was bewegt sich denn da?«

Aus der Einfahrt der Firma Jansen trat ein Mann mit einer Tafel, die er jetzt am Maschendrahtzaun befestigte.

Henning wischte sich mit dem Ärmel ein Guckloch und las laut den Text auf der Tafel: »Mitarbeiterin gesucht!«

Vom gleichen Gedanken erfüllt, kreuzten sich plötzlich ihre Blicke. Henning hob bedeutungsvoll die Brauen.

»Lust auf Karriere?«

Big Harry trat in die Nische seiner gemütlichen, stets verräucherten Kneipe, stützte die tätowierten Arme schwer auf der Tischplatte ab und nickte seinen Gästen grüßend zu. »Dirk. Kanalratte ...« Er schnüffelte übertrieben. »Man könnte sagen, ihr bringt meinen Laden in üblen Geruch!«

»Als Luftkurort ist deine Kneipe ja auch nicht gerade berühmt«, konterte der Polizist und blies dem massigen Wirt den Rauch seiner Zigarette ins Gesicht. Big Harry zog unwillkürlich den Kopf zurück.

Dirk bestellte zweimal Currywurst und Kaffee und wartete, bis sich der Wirt in die kleine Küche zurückgezogen hatte.

»Sind Sie schon lange bei der Stadtentwässerung, Kempinski?«

»Mein ganzes Berufsleben. Eigentlich bin ich sogar schon in Rente. Unser kleines Museum betreue ich ehrenamtlich«, entgegnete sein Gegenüber und grinste. »Im Grunde haben wir ja einiges gemeinsam: Wir arbeiten beide in der Unterwelt!«

Dirk schmunzelte, doch Kempinski wurde rasch wieder ernst.

»Das Kanalsystem ist wirklich eine Welt für sich! Und spannend: High-Tech und Museum, beides zusammen. Es gibt 150 Jahre alte Siele, die sind immer noch in Benutzung!«

»Das ist wahrscheinlich eine ewige Baustelle?«

»Das kann man wohl sagen«, nickte Kempinski. »Egal, ob Mauerstein oder Betonrohr – die Abwässer sind eine ätzende, aggressive Pampe! Früher oder später frisst sich das Zeug überall durch! Rein rechnerisch haben moderne Siele ja eine Lebenserwartung von 77 Jahren, aber in der Praxis ist alles möglich ...«

»Haben Sie von dem Sieleinsturz am Billhorner Röhrendamm gehört?«

Kempinski hatte sich schon seit geraumer Zeit gefragt, wieso sich dieser Polizist so auffällig für die Hamburger Kanalisation interessierte. »Haben Sie etwas mit diesem Schulbusunfall zu tun?«, erkundigte er sich neugierig.

»Ich stand direkt daneben, als es passierte!«, bestätigte Dirk. »Es war, als hätte sich plötzlich die Erde geöffnet!«

»Ein gemauertes Stammsiel, nicht wahr? Und darüber eine Baustelle?«

Dirk nickte.

»Dann wundert mich gar nichts! Sehen Sie – als

Lindley und seine Nachfolger die Kanalisation planten, konnte niemand damit rechnen, dass da mehr als ein Jahrhundert später mal Maschinen von zwanzig Tonnen Gewicht und mehr rüberbrettern! Wahrscheinlich hätte man das Unglück durch rechtzeitige Sielkontrollen verhindern können – aber das Siel war ja längst stillgelegt!«

»Warum eigentlich?«, wunderte sich Dirk. »Sie sagten eben, andere Siele wären noch nach hundert Jahren und mehr in Betrieb! Warum dieses nicht? Und warum war in Ihrer Behörde die Existenz dieses Abschnitts gar nicht mehr bekannt?«

Kempinski fuhr sich nachdenklich mit der Hand durch die spärliche Frisur. »Diese Stadt hat in den letzten beiden Jahrhunderten zwei Riesenkatastrophen erlebt, beide merkwürdigerweise jeweils in den Vierzigern – den Brand von 1842 und den Feuersturm 1943 ...«

»Operation Gomorrha.«

Unter diesem ebenso makabren wie programmatischen Codenamen hatten alliierte Fliegerverbände im Juli 1943 weite Teile der Hansestadt in Schutt und Asche gelegt. Auch in Dirks Familie hatte es Opfer gegeben, und die grausamen Erinnerungen der Überlebenden an diese Tage waren ein Teil seiner Kindheit.

»Operation Gomorrha«, wiederholte Kempinski nickend. »Und beide Katastrophen hatten unmittelbar größte Auswirkungen auf die Kanalisation: Nach dem Stadtbrand wurden die Siele gebaut, und nach der Bombardierung mussten etliche Kilometer Rohr geflickt, neu gebaut oder umgeleitet werden!«

»Aber warum hat man am Billhorner Röhrendamm einfach ein Stück abgeklemmt? Und dann auch noch vergessen?«, bohrte Dirk nach.

»Wissen Sie, wie der Stadtteil Rothenburgsort nach dem Feuersturm aussah? Eine Wüste! Tote Zone! Tausende ungeborgene Leichen unter Trümmern! Alle Zufahrtsstraßen monatelang abgesperrt, wegen der Seuchengefahr! Betreten nur mit schriftlicher Genehmigung erlaubt!« Kempinski schnaufte gequält. »Ich habe später mit Kollegen gearbeitet, die damals nach dem Krieg dort aufgeräumt haben. Manchmal änderte sich beim Wiederaufbau der Verlauf von ganzen Straßenzügen. Kanäle wurden begradigt, andere mit Schutt gefüllt und vergessen. Wo eine Reparatur zu kompliziert war, wurde eben auf die Schnelle dichtgemacht. Ob da vielleicht mal in fünfzig Jahren ein Auto durchkrachen würde, war denen ziemlich Wurscht. Die hatten damals andere Probleme!«

»Auf die Schnelle dichtgemacht ...«, grübelte Dirk. »Heißt das, es gab dann absolut keinen Zugang mehr zu dem abgeklemmten Altsiel?«

»Nicht unbedingt.« Kempinski schüttelte den Kopf. »Alle Siele sind in regelmäßigen Abständen durch Einstiegsschächte zugänglich.«

Dirk war plötzlich hellwach. »Einstiegsschächte?«

»Alle zweihundert Meter einer, mit Treppe!«, bekräftigte Kempinski. »Und dazwischen liegen noch Reinigungsschächte!«

»Hat man die denn nicht versiegelt, wenn ein Siel stillgelegt wurde?«

Kempinski zuckte mit den Achseln. »In der Regel schon. Aber wenn noch Trümmer darauf lagen ... Hamburg war erst 1955 trümmerfrei, wussten Sie das?«

»Matthies weiß überhaupt nix!«, tönte plötzlich Big Harry neben ihnen und stellte Wurstteller und dampfende Kaffeebecher auf dem Tisch ab.

Dirk grinste den Wirt gelassen an. »Kann sein. Aber glaub mir – ich arbeite daran!«

Svenja Menzel dümpelte bereits so lange in der Badewanne, dass der Mount Everest aus Schaum, den sie über ihrem Bauch aufgetürmt hatte, mittlerweile zum Maulwurfshügel geschmolzen war. Beim vergeblichen Versuch, die neckische »Pretty Woman«-Nummer nachzuahmen – Kopf in den Nacken, perlend lachen, kurz untertauchen und wieder hoch –, hatte sie wahrscheinlich auch ein paar Kubikmeter von dem Schaum gefressen, überlegte Svenja. So was klappt eben nur im Kino. Außerdem würde sie sowieso höchst ungern einen Kerl aus der Badewanne heraus bezirzen wollen. Nicht dass sie sich nicht sehen lassen könnte, ganz im Gegenteil. Aber in der Badewanne ließ es sich so herrlich entspannt nachdenken. Und das tat sie lieber allein.

Merkwürdig war allerdings: Je mehr sie sich entspannte, umso deutlicher schob sich wieder das verkrampfte, ausgezehrte Gesicht Herbert Lornsens in ihr Bewusstsein. Tag für Tag sah und traf sie so viele Menschen. Wieso ging ihr ausgerechnet dieser alte Mann nicht aus dem Kopf, den sie kaum kannte? Entspannt konnte sie sich Lornsen überhaupt nicht vorstellen. Er ist ein Getriebener, fuhr es ihr durch den Sinn. Ein Getriebener. Aber was treibt ihn?

Warum zog es Lornsen zum Beispiel bei seinen Ausreißertouren aus dem Altersheim ausgerechnet immer wieder zu dieser Stelle am Billhorner Röhrendamm, wo sie ihn gestern – es war wirklich erst gestern gewesen! – aufgegriffen hatten? Ob Dirk das wusste? Sie hatten nie darüber gesprochen ...

Einen Moment lang erwog Svenja, ihren Kollegen

einfach anzurufen. Aber dann verwarf sie den Gedanken daran sofort wieder. Das Ding mit dem Sielmuseum war wirklich heftig gewesen! Nein, von Dirk hatte sie für heute die Nase buchstäblich voll!

Außerdem ließ sich das auch anders herausfinden. Schließlich war sie Polizistin, und beileibe nicht die schlechteste. An welche Orte kehrt man zurück? An den Schauplatz des Verbrechens, würde Sherlock Holmes sagen. Leider ließen sich Weisheiten à la Sherlock Holmes nur allzu selten auf den Polizeialltag anwenden. Wohin sonst?, grübelte sie und ahnte es plötzlich ...

Svenja zog den Stöpsel, gurgelnd sank der Wasserspiegel, und aus den zuckrigweißen Resten der Schaumdecke tauchten ihre Formen auf. Land in Sicht.

Sie gab sich einen Ruck, stieg energisch aus der Wanne und griff nach dem Bademantel.

Die schmutziggraue Stadttaube flatterte bei seiner Annäherung vor ihm auf, segelte ein Stück vor ihm her und verkroch sich dann zielstrebig zwischen einigen Artgenossen unter einem Brückenpfeiler. Sogar die weiß, wo sie hinwill, fuhr es ihm durch den Sinn. Er hatte es auch mal gewusst, wohin der Weg führen sollte. *Sie* hatte es gewusst.

Unwillkürlich betasteten seine Finger die Leinentasche, die jetzt zusammengefaltet in seiner Jackentasche steckte. Es kam immer anders. Vor allem für solche wie ihn. Andere schwammen immer oben ...

So alt wie die Frau gestern, so hätte sie jetzt sein müssen. Doch die Zeit für sie war einfach stehen geblieben. Und seine Uhr weitergelaufen, weiter und weiter. Aber jetzt fühlte sich alles in ihm kaputt an.

Wohin?

Jetzt ist es so weit, dachte Lothar und beobachtete gespannt, wie Philip Caspersen an seinem Schreibtisch vorbeischritt, ohne Lothar eines Blickes zu würdigen, und Kurs auf den Aktenschrank nahm. Doch plötzlich zog einer der anderen Kollegen im großen Dienstraum Caspersens Aufmerksamkeit auf sich.

»Philip – kommst du mal?«

Der Gerufene ging am Aktenschrank vorbei. Mist!, ärgerte sich Lothar – und entspannte sich gleich wieder. Aufgeschoben war ja nicht aufgehoben, und so währte die Vorfreude eben noch etwas länger. Er kicherte vergnügt in sich hinein. Eigentlich albern. Ein bisschen wie früher in der Schule. Aber er hatte seinen Spaß. Und Philip würde es eine Lehre sein!

»Was grinst du denn so dämlich?«

Lothar schreckte aus seinen Gedanken auf – vor ihm standen Harry und Henning. »Och ... nur so ...«, stammelte er ertappt, schnupperte plötzlich und verzog das Gesicht. »Neues Parfüm, Harry?«

»Duftnote Fish and Chips«, grinste Henning, während seine Partnerin sich an die Stirn tippte und kommentarlos abwandte.

Bernd Voss blickte von seinem Schreibtisch auf, als die beiden Zivilfahnder sein Büro betraten. »Wie war's am Schwedenkai?«

»So schön!«, griente Henning. »Harry wollte gar nicht wieder weg!«

Harry blitzte ihn aus dunklen Augen an. »Vielleicht sollte ich meine neue Karriere ernsthaft betreiben. Meine neuen Partner machen wenigstens keine losen Sprüche!«

Henning fuhr sich mit gestrecktem Zeigefinger über die Kehle. »Weil du ihnen die Köpfe abschneidest!«

Verwirrt flog Voss' Blick von einem zum anderen. »Wovon redet ihr überhaupt?«

»Ich habe einen Job angenommen«, wandte sich Harry wieder ihrem Chef zu. »Im Fischgroßhandel Jansen am Schwedenkai – als Arbeiterin in der Nachtschicht!«

Dann endlich berichteten die Zivilfahnder Voss von den geheimnisvollen Erlebnissen der Maria Fernandez und ihren eigenen Beobachtungen bei der Firma Jansen. »Wir sind uns nicht wirklich sicher, ob man die Frau ernst nehmen kann«, schloss Henning, »und ob sie wirklich mit einer Waffe bedroht worden ist! Aber verprügelt worden ist sie – ihr Veilchen war echt! Und zusammen mit dem vagen Verdacht der Kollegen vom Zoll gibt einem das schon zu denken.«

»Die Aktion könnte sich lohnen!«, bekräftigte Harry lebhaft. »Wenigstens ein paar Nächte lang sollten wir es versuchen. Wenn mir nichts verdächtig vorkommt, war's das eben!«

Voss tippte auf Harrys Dienstwaffe. »Gut. Aber geht kein Risiko ein! Nur beobachten! Kein Zugriff!«

Harry nickte. »Alles klar. Henning sichert mich ab, und ich spiele die harmlose Schichtarbeiterin.«

»Dann macht es so«, zeigte sich Voss einverstanden und überlegte. »Arbeiterin im Fischgroßhandel ... was muss man da eigentlich machen, Harry?«

»Kopf abschneiden, Bauch aufschlitzen, Gedärme raus!«, krähte Henning vorlaut. Voss beugte sich spontan über seinen Papierkorb und simulierte eine Kotzattacke.

Dirk lenkte seinen antiquierten Heckflossen-Mercedes auf der gleichen Strecke nach Rothenburgsort wie gestern den 14/2. Warum kann ich nicht ablassen von diesem Fall?, sinnierte er und fand keine andere Begründung dafür als das sichere Gefühl, mit seinem beherzten Sprung in das eingestürzte Siel eine Armee von Geistern heraufbeschworen zu haben. Dirk Matthies war alles andere als esoterisch veranlagt, aber er hatte ein Gespür für diese Stadt. Das Gebilde namens Hamburg, in dem es vor Menschen wimmelte, führte ein Eigenleben mit einer Geschichte, die weit über den begrenzten Horizont einer Menschengeneration hinausging. Dirk betrachtete dieses Gebilde nicht mit der distanzierten Sicht eines Historikers, sondern er war so mit Hamburg verwachsen, dass er ganz natürlich jede Entwicklung von einst als bedeutsam für sich selbst empfand. Selbst wenn das eigentliche Drama um die bleichen Knochen in dem toten Siel längst Vergangenheit war, spürte Dirk die Auswirkungen an seinen sensibelsten Detektoren – irgendwo zwischen Herz und unverdauter Currywurst.

Wenigstens regnet es nicht mehr, dachte Dirk. Er parkte den Mercedes vor der Absperrung am Billhorner Röhrendamm und stieg aus. Massive Holzwände sicherten die Einsturzstelle und verhinderten neugierige Blicke oder gar unbefugtes Eindringen. Aber für das Loch an sich interessierte sich der Polizist momentan überhaupt nicht. Abschätzend versuchte er, den Verlauf des unterirdischen Kanalstücks über der Erde zu verfolgen, in der Richtung, wo der kleine Lukas gekauert hatte – noch ein Stück unter der Straßenumleitung, unter dem Gehweg entlang, dann auf eine Baustelle zu …

Dirk stutzte. Zwischen Bauzäunen und Abrissbaggern stand ein schlanker Mann mit wehendem Mantel. Kommissar Weber sah ihm mit hochgezogenen Brauen entgegen.

»Matthies in Zivil. Muss schön sein, wenn man frei hat!«

»Nur, wenn man die richtigen Leute trifft.«

»Der Freizeitwert dieser Gegend ist leider ziemlich begrenzt«, wies Weber in gespieltem Bedauern auf die triste Umgebung.

»Wollen Sie damit sagen, Sie sind beruflich hier?«, tat Dirk überrascht.

Kommissar Weber starrte ihn einen Moment lang mürrisch an. »Erst Sie«, forderte er ihn dann auf. Dirk gab sich einen Ruck.

»Ich habe gestern auf der Suche nach dem blinden Lukas den Schädel gefunden, der aller Wahrscheinlichkeit nach zu dem Skelett passt, welches unter der Einsturzstelle lag. Einverstanden?« Weber nickte stumm, Dirk fuhr fort. »Meine Lampe ging aus – oder wurde ausgeknipst – und ich tappte mit dem Jungen auf dem Arm zurück. Unterwegs haben wir den verwirrten Rentner aufgesammelt, der hinter mir in die Grube gestiegen ist. Aber nach mir ist bis zum Eintreffen der Kripo niemand mehr in die Richtung gegangen, in der dieser Schädel lag. Trotzdem ist der Schädel verschwunden! Wenn Sie mal aufhören würden, an meinem Verstand zu zweifeln, bliebe nur eine Folgerung übrig ...«

»Es gibt noch einen Zugang in das alte Siel?«, riet der Kommissar gelassen.

»Alle zweihundert Meter gab es einen! Und dazwischen auch noch Reinigungsschächte!«

Weber taxierte den Polizisten stumm. Dumm ist der nicht, dachte er. Und verwirrt schon gar nicht. »Kommen Sie mit, Matthies.«

Entschlossen wandte sich der Kommissar ab und stapfte über den lehmigen Untergrund der Baustelle auf einen Durchschlupf in der Bretterwand zu. Dirk folgte ihm neugierig.

Hinter dem Bauzaun waren die Grundmauern eines Neubaus zu erkennen. Auf der Brachfläche daneben waren Presslufthämmer durch eine betonierte Parkfläche gepflügt, ein Bagger hatte die Steintrümmer achtlos in eine Ecke geschoben, zum Abtransport bereit. Aus dem Schutthaufen ragten die zersplitterten Fragmente hölzerner Wände.

Weber blieb direkt davor stehen. »Das waren mal Garagen.«

Er führte Dirk weiter zu einer mit Flatterband abgesperrten Stelle, an der nichts zu sehen war außer einem deckelartigen Bretterverband, der wie zufällig dort zu liegen schien.

»Genau hier hat eine der Garagen gestanden!« Weber hob das Flatterband an und winkte Dirk hindurch. »Schieben Sie mal den Deckel weg, Matthies.«

In die raue Oberfläche des Holzdeckels war eine rostige, flache Krampe eingetrieben, wie ein improvisierter Griff. Dirk zog kräftig daran, der Deckel glitt beiseite und gab einen dunklen Einstieg frei – gerade groß genug für einen erwachsenen Mann.

Dirk sah Weber verkniffen an. »Seit wann liegt dieser Einstieg frei?«

»Die Garagen wurden vorgestern abgerissen. In einigen davon gab es mit Betonplatten geflieste Böden – auch in dieser hier. Der Bagger hat die Fliesen einfach weggeschoben. Der Holzdeckel darunter muss vom Sand und Staub völlig verdeckt gewesen sein, jedenfalls haben die Bauarbeiter gar nicht gemerkt, was sie da freigelegt hatten! Erst gestern wurde man darauf aufmerksam – der Deckel lag plötzlich nicht mehr plan auf dem Boden, jemand hatte ihn offensichtlich angehoben und es sehr eilig dabei gehabt.«

»Kein Wunder, mit einem Totenkopf unterm Arm!«, knurrte Dirk. »Ich dachte, Ihre Leute hätten den Stollen unten abgesucht! Warum ist dabei niemandem das andere Ende dieses Schachts aufgefallen?«

Weber blickte beschämt zu Boden. »Das untere Ende war durch ein paar aufgetürmte Steine getarnt. Nicht allzu gut, gebe ich zu. Aber schließlich haben meine Leute nach einem Schädel gesucht, nicht nach einem Schacht!«

Dirk schwieg einen Moment und ließ den Blick schweifen. Zerstört, zertrümmert, aufgebaut. Kanalratte Kempinski und die »Operation Gomorrha«.

»Mir hat vorhin jemand eindrucksvoll beschrieben, wie das hier im Zweiten Weltkrieg ausgesehen hat. Möglich, dass die Tote im Siel eines der Opfer von damals ist! Es wäre nicht das erste und sicher nicht das letzte Skelett aus dieser Zeit, das man hier durch Zufall entdeckt!«

»Das könnte eine plausible Erklärung sein«, gab Weber zu. »Allerdings nur so lange, bis man den pathologischen Bericht gelesen hat. Unsere Tote war nämlich zur Zeit des Krieges noch nicht geboren ...«

Dirk sah den Kommissar überrascht an. »Was steht in dem Bericht?«

»Eine Frau, Alter ungefähr zwanzig. Gestorben ist sie vor ungefähr 25 Jahren, maximal ein, zwei Jahre mehr oder weniger.«

»Todesursache?«

Weber grinste schief. »Immer noch ein Fall für die Mordkommission, Matthies! Ihr Brustkorb war brutal zerquetscht, und zwar nicht erst durch den abgestürzten Schulbus. Und der Kopf wurde höchstwahrscheinlich gewaltsam abgetrennt.«

Dirk atmete erschüttert durch. »Irgendjemand war der Täter. Von irgendwem wird sie vermisst.«

»Wir arbeiten daran. Aber es ist ziemlich unmöglich. Es gab bei der Toten keine auffälligen Gegenstände. Die vorhandenen Kleidungsreste sagen uns nichts. Das Skelett weist keine individuellen Identifikationsmerkmale wie ältere Frakturen oder krankhaft bedingte Deformationen auf. Und ohne Schädel haben wir nicht mal ein Zahnprofil!«

»Irgendjemand hat den Schädel!«

»Tja – irgendjemand.« Weber stieß mit dem Fuß den Holzdeckel wieder über das Schachtloch. Dann stiegen sie zurück über das Flatterband und kehrten schweigend nebeneinander zur Straße zurück, wo der Verkehr rastlos brandete, als sei die ewige Ruhe des Todes eine blanke Illusion.

»Wir stellen eine Liste aller Frauen um die zwanzig zusammen, die Mitte bis Ende der siebziger Jahre in Hamburg und Umgebung als vermisst gemeldet worden sind«, brach Weber als Erster das Schweigen, als sie wieder auf dem Bürgersteig vor der Baustelle standen. »Doch selbst wenn die Tote draufstehen sollte, werden wir es nicht mal erkennen, weil sich das Skelett ohne Identifikation nicht zuordnen lässt!«

»Und falls die Frau nicht aus Hamburg oder Umgebung stammt – oder falls es niemanden gab, der sie als vermisst gemeldet hat, steht sie nicht mal auf dieser Liste!«, gab Dirk zu bedenken. »Faxen Sie mir die Liste trotzdem aufs 14., wenn sie fertig ist?«

Weber lachte unwillkürlich auf. »Sind Sie nicht ausgelastet, oder was?«

Dirk sah dem Kommissar ruhig in die Augen. »Ich bin doch, laut Presse, der Volltrottel in Uniform!«

»Bloß, dass Sie heute Zivil tragen!«

»Scharfes Auge. Sie sollten Polizist werden.«

Ihre Blicke maßen sich, dann brach Weber das Duell ab und sah zur Uhr. »Ich geh jetzt Rosen kaufen.« Er tippte sich bedeutungsvoll an die Stirn. »Hochzeitstag! Man hört voneinander, Matthies.« Damit wandte er sich ab.

Dirk sah dem Kommissar nachdenklich hinterher. Weber, der Rosenkavalier. Plötzlich spulte sich vor Dirks geistigem Auge genau die Szene ab, die Svenja und er unmittelbar vor dem Einbruch des Schulbusses beobachtet hatten: Der seriös gekleidete Endvierziger mit der langstieligen roten Rose in der Hand. Jörn, der Mann von Dirks alter Bekannten Petra. Jörn, wie er sich über ein Gully bückt und die Rose hineinfallen lässt. Jörns resignierte Miene und Dirks eigener Kommentar: »Die Dame kommt wohl nicht mehr ...«

Der Rosenkavalier!

Der Campus zwischen Grindelallee und Schlüterstraße war wie eine Welt für sich. Nicht mehr wirklich *ihre* Welt, das fühlte Svenja deutlich. Zwar war sie gar nicht so viel älter als die meisten der jungen Studentinnen und Studenten, die hier den Platz um das kleine Wasserbecken herum bevölkerten, aber ihr Beruf trennte sie von denen, die noch nach einer Rolle im Leben suchten. Svenja hatte nach dem Abitur nur zwei Semester gebraucht, um zu erkennen, dass der Elfenbeinturm von Forschung und Wissenschaft nicht ihr Traumschloss war. Trotzdem würde sie die bunte Erfahrung dieses Jahres nicht missen wollen, in dem sie alle Einrichtungen der Universität mit begeisterter Neugier erkundet hatte wie ein junger Hund das fremde Revier.

Die Staatsbibliothek liebte Svenja besonders. Computer und Internet waren gewiss grandiose Errungenschaften. Aber riesige Säle mit Büchern in Reihe um Reihe, in kontemplativer Kirchenstille gelesen von auf ihre Arbeit konzentrierten Menschen – das verlieh Svenja sofort das sinnliche Gefühl, im Zentrum allen Wissens zu stehen.

Obwohl sie nicht mehr oft hierher kam, hatte sie ihren Leseausweis regelmäßig verlängert. Und weil sich in dieser Welt der für die Ewigkeit gedruckten Weisheiten sehr selten etwas veränderte, fand Svenja den Weg in den ersten Stock, durch die langen Reihen juristischer Fachliteratur hindurch bis zur Hamburgensien-Abteilung, als wäre sie erst gestern dort gewesen.

Außer einem kurz grüßenden Bibliothekar befand sich hier niemand. Svenja trat zu ihm an den Tisch und grüßte freundlich zurück.

»Guten Tag! Ich suche ein altes Adressbuch von Hamburg.«

»Jahrgang?«

Der blinzelt ja nicht mal, dachte die junge Polizistin. Als ob er jeden Tag danach gefragt wird! »1929 wäre gut ... oder auch ein, zwei Jahre später!«

Der Bibliothekar ging zielstrebig zu einem geschlossenen Bücherschrank, öffnete ihn und brachte einen zerlesenen, stockfleckigen Band, den er vorsichtig vor Svenja ablegte.

»Bitte sehr, die Dame. Jahrgang '29!«

»Danke!« lächelte sie. »Das nenn ich prompte Bedienung.« Vorsichtig blätterte sie in den brüchigen Seiten, die sich teilweise nur schwer voneinander lösten.

»Dieser Band müsste längst digital archiviert worden sein!« Das Bedauern in der Stimme des Bibliothekars war unüberhörbar. »Leider fehlt das Geld – wie immer.«

»So alt ist der doch noch gar nicht!«, wunderte sich Svenja.

»Papierfraß!«, ereiferte sich der Bibliothekar. Die Augen hinter den Brillengläsern funkelten ärgerlich. Offenbar hatte Svenja sein Lieblingsthema erwischt. »Jedes normal gelagerte, zwei-, dreihundert Jahre alte Buch sieht besser aus als dieser Schund hier!«

»Wie kommt das?« Trotz ihrer Nachfrage blätterte die Polizistin weiter – Anfangsbuchstabe K, Anfangsbuchstabe L ...

»Bis Mitte des 19. Jahrhunderts wurde Papier aus Lumpen hergestellt – Stofffetzen, Kleiderreste! Das hielt für die Ewigkeit! Jetzt ist Holz der hauptsächliche Rohstoff, aber das enthält Säure. Nach ein paar Jahrzehnten sind die allermeisten modernen Bücher und Zeitungen total hinüber!«

Svenjas Finger wanderte über die vergilbte Seite. Lausen ... Linsen ... Lornsen. Wilhelm Lornsen! Billhorner Röhrendamm 126! Das musste sein Vater gewesen sein, so viel schien sicher, und es war eine eindeutige Erklärung für Herbert Lornsens sonderbares Verhalten: Er riss aus dem Altersheim aus, um zu seinem Elternhaus zurückzukehren ...

»Wissen Sie, was bald kommt?« Der Bibliothekar war jetzt voll in Fahrt. »Die digitale Zeitung! Morgens auf dem Display, abends wieder gelöscht! Und die Nachricht von gestern längst vergessen! Archive? Fehlanzeige! Höchstens bei denen, die die öffentliche Meinung mit immer neuen Pseudo-Sensationsmeldungen in Atem halten! Wissen Sie, was wir sind?«

»Vielen Dank!« Svenja hatte längst nicht mehr zugehört. Sie nickte dem Mann lächelnd zu und wandte sich zum Gehen.

»Ein Volk ohne Gedächtnis, auf dem Weg zur kollektiven Verblödung!« Der Bibliothekar blickte der jungen Frau mürrisch hinterher, verweilte auf ihrem beschwingt davontänzelnden Hinterteil und seufzte. Man müsste noch mal zwanzig sein.

Vielleicht würde das helfen.

Philip Caspersen drückte sich eben wieder erhobenen Hauptes und verschlossen wie eine Auster an Krügers Schreibtisch vorbei, als sein Kollege ihn zurückhielt – scheinbar ganz versöhnlich.

»Na, was hat Schwiegerpapa zum kaputten Auto gesagt?«

Philip sah ihn finster an. »Gar nichts! Er ist auf Dienstreise. Ich hol den Benz morgen aus der Werkstatt. Mir hilft ja keiner!«

Lothar blickte in betonter Unschuld aus dem Fenster. Philip spürte, wie der Zorn wieder in ihm aufloderte. »Warum machst du diesem hysterischen Weib auch noch das Auto heil?«

Lothar lehnte sich selbstzufrieden im Stuhl zurück. »Als Polizist bin ich Freund und Helfer! Das hast du doch sicher auch in deiner Ausbildung gelernt.«

»Und wer hilft mir? Der Benz hat reichlich was abgekriegt! Bloß weil Frau Siebert ein haariges Monster gesehen zu haben glaubt! Das war nur eine stinknormale Feld-, Wald- und Wiesenspinne, wenn überhaupt – wetten?«

Lothar zuckte mit den Achseln. »Manche Leute haben eben Angst vor Spinnen.«

»Der gehört der Führerschein entzogen!«, giftete Caspersen. »Und du machst ihr noch Plüschaugen!«

»Wer hat, der hat«, konstatierte Lothar gelassen.

Philip winkte verärgert ab. »Du verstehst das sowieso nicht!«

Er wandte sich abrupt dem Aktenregal zu und versuchte, sich auf die Arbeit zu konzentrieren: Fahrradkontrollen, war das jetzt abgelegt unter »Verkehrsdelikte« ...

»Da sind übrigens schon wieder Spinnweben«, bemerkte Lothar in seinem Rücken ganz beiläufig.

Leck mich, Lothar!, fluchte Philip innerlich und versuchte, den Hinweis des Kollegen einfach zu ignorieren. Doch völlig unwillkürlich strich er doch prüfend mit der Hand über den oberen Regalboden, stocherte zwischen den Akten und erstarrte: Seine Fingerspitzen umfassten plötzlich etwas Eklig-Weiches, Glibberiges ... Er zuckte entsetzt zurück! Fast im Zeitlupentempo, so schien es ihm, kippten einige schwere Aktenordner aus dem Regal und segelten zu Boden – gefolgt von einem schwarzen, langgliedrigen Monstrum, das mit schmatzendem Geräusch vor Caspersens Füßen aufschlug! Sein spontaner Schreckensschrei ließ alle Köpfe herumfahren.

Allein Krüger blieb die Ruhe in Person. »Nur gut, dass du jetzt nicht hinterm Lenkrad gesessen hast!«, belehrte er seinen jungen Kollegen, hob die Gummispinne auf und ließ sie an einem haarigen Bein vor Philips Nase baumeln. »Und dabei ist die noch nicht mal echt ...«

Fassungslos stierte Philip auf den wabbeligen Scherzartikel – dann riss er sich herum und stapfte aus dem Dienstraum, verfolgt von hämischem Gelächter.

Die Wohnungstür öffnete sich nur einen kleinen Spalt.

»Hallo?«, erklang es misstrauisch – dann flog die Tür plötzlich weit auf und eine kleine Frau mit grau melierten Locken stemmte lachend ihre Fäuste in die fülligen

Hüften. »Dirk Matthies! Ist das zu fassen! Wie lange ist es her?«

»Länger, als mir lieb ist!«, schmunzelte Dirk. »Darf ich reinkommen, Petra? Nur auf einen Sprung«

»Willkommen in unserer bescheidenen Hütte!«, flachste die Frau und zog ihn hinter sich her. Bescheiden, das war keineswegs untertrieben, das sah Dirk sofort: Alles war sauber und aufgeräumt, aber fast alle Möbel und Gegenstände in der kleinen Wohnung vermittelten den Eindruck von langem Gebrauch und Abgenutztheit. Als lägen ihre Glanztage schon lange zurück – was man auch von Petra behaupten könnte, dachte Dirk. Sie wirkte irgendwie aufgeschwemmt, und diese Frisur ...

Vor 25 Jahren hatte Petra zu einer Gruppe von Motorradfreunden gehört, mit denen Dirk manchmal Ausfahrten unternahm oder am Wochenende feierte. Fröhliche Freunde – mehr war nie zwischen ihnen beiden gelaufen, aber sie hatten sich auf Anhieb gemocht. Jeder hatte Petra gemocht, die bei allen nur »Suzie« hieß – wie die damals schwer angesagte Rocksängerin Suzie Quatro war Petra ein knapp Einssechzig kleiner Energiebolzen gewesen, ein flirrender Sonnenschein, ewig in knallenger Lederkombi unterwegs.

Die Frau ließ sich schwerfällig in einen abgewetzten Polstersessel fallen und spürte den forschenden Blick des Polizisten. Verlegen sah sie zu Boden.

»Das ist aus mir geworden, Dirk. Sieh mich ruhig an.«

»Red kein Blech! Wir sind alle nicht jünger geworden.«

Sie lächelte schwach. »Es ist nicht bloß das Alter. Ich bin krank. Die Nieren, weißt du ... Fing vor fünf, sechs Jahren an und wurde immer schlimmer. Arbeiten geht längst nicht mehr. Jetzt geh ich jeden Tag zur Dialyse, hänge an der Blutwäsche und schlucke Tabletten ohne Ende!«

»Kann man nichts machen? Operieren oder so?«

»Vielleicht gibt's irgendwann mal 'ne neue Niere!« Sie lachte bitter. »Aber du weißt ja: Für alte Maschinen sind Ersatzteile nicht leicht zu bekommen!«

Was sollte man dazu sagen? Kopf hoch, wird schon wieder, alles halb so wild? »Scheiße, Petra.«

Jetzt klang ihr Lachen leichter. »Du sagst, was du meinst – und meinst, was du sagst! Dafür hab ich dich schon immer gemocht, Dirk!« Sie musterte ihn einen Moment lang liebevoll. Dann lehnte sie sich abwartend im Sessel zurück. »Deshalb wirst du mir auch sicher keinen Schmus erzählen, so von wegen, du kommst hier nach Jahr und Tag rein zufällig vorbei – nur um der alten Zeiten willen.«

»Stimmt, so richtig ein Zufall ist das nicht. Ich glaube, ich hab gestern Jörn gesehen, so von weitem, irgendwo auf der Straße! Ich war dienstlich unterwegs und hatte keine Zeit, ihn anzusprechen – falls er es überhaupt war! Und da heute mein freier Tag ist, dachte ich: Fahr mal bei Petra vorbei und guck, was die beiden so machen ... Ihr seid doch noch zusammen?«

»Logo! Zwanzig Jahre verheiratet, das ist doch wenigstens was!« Richtig glücklich klang das trotzdem nicht, und sie spürte sofort, dass Dirk die dissonanten Zwischentöne ihrer Bemerkung aufmerksam registrierte. Petra seufzte. »Jörn war noch nie ganz pflegeleicht!« Plötzlich umspielte der Anflug eines Lächelns ihre Lippen. »Weißt du eigentlich, wie ich ihn kennen gelernt habe? 8. Dezember 1980!«

»John Lennons Todestag?«

Sie lachte hell auf. »Respekt, Dirk Matthies! Genau,

Lennons Todestag. Als die Nachricht kam, sind ein paar Leute spontan raus zum Heiligengeistfeld, mit Blumen, Kassettenrecordern, Wein und so – eine Art Trauer-Happening! Wir waren alle ziemlich fertig, aber so traurig wie Jörn war garantiert keiner. Es war, als hätte er mindestens einen besten Freund verloren. Er schien untröstlich! War 'ne echte Herausforderung für mich.«

Petra hatte noch nie eine Kreatur ihrem Leid überlassen können, erinnerte sich Dirk. Die geborene Krankenschwester. Was sie im Übrigen auch von Berufs wegen gewesen war.

»Ich hab ihn jeden Tag nach Feierabend in der Bankfiliale abgeholt, wo er damals gearbeitet hat. Irgendwann war dann alles gut ...«

»Die Suzie-Sonnenschein-Therapie«, grinste Dirk, und sie lächelte zurück. »Wo ist dein Mann jetzt? Ich hätte ihn auch gern gesehen!«

Schlagartig kehrte der Kummer in ihr Gesicht zurück. »Er ... er ist weg. Zum ›Zapfhahn‹, hinten an der Ecke.«

»Ist er da öfter?«, hakte Dirk nach.

»Seit ein paar Wochen fast täglich«, gestand sie und sah ihn gequält an. »Es ist, weil ... Ich war immer die Starke in unserer Beziehung, weißt du. Es war, als hätte er von meiner Kraft gelebt! Aber jetzt habe ich nicht mehr viel Kraft. Und das erträgt er nicht. Und deshalb ertrage ich ihn nicht – jetzt, wo ich ihn bräuchte ...« Sie biss sich auf die Lippen, als plötzlich ein vielleicht zehnjähriges Mädchen den Kopf durch die Wohnzimmertür steckte.

»Mama, darf ich fernsehen? Oh – hallo ...« Sie stutzte verlegen, als sie den fremden Mann entdeckte.

Petra winkte sie herein. »Lina, das ist Dirk Matthies, ein alter Freund – Dirk, das ist meine Tochter.«

»Hallo, Lina!« Dirk hatte sich bereits aus seinem Sessel erhoben. »Ich muss los, Petra. Grüßt du Jörn von mir?«

Sie nickte und begleitete ihn zur Wohnungstür, während hinten im Wohnzimmer der Fernseher angeschaltet wurde. Einen Moment lang sahen sie sich in die Augen, dann schloss Dirk seine alte Freundin fest in die Arme.

»Bleib im Sattel, Suzie!«

Sie drückte ihre Stirn an seine Schulter. »Manchmal wünsch ich mir, ich wäre mit der Maschine aus der Kurve geflogen, irgendwann an einem dieser schönen Tage damals – dann wäre ich für immer Suzie geblieben! Aber wenn ich dann Lina ansehe ...«

Dirk lauschte hinüber zum Wohnzimmer, wo helles Kinderlachen die lautstarke Darbietung eines TV-Comedians begleitete. Es klang hoffnungsvoller, als er sich fühlte.

Das zivile Dienstfahrzeug hielt gut fünfzig Meter von der Einfahrt der Firma Jansen entfernt. Weit genug, um nicht sofort aufzufallen, aber dicht genug, um alles im Blick zu behalten, schätzte Henning Schulz. Aus den Augenwinkeln sah er Harry neben sich gähnen. Wahrscheinlich hatte sie genauso wenig geschlafen wie er selbst. Wer konnte sich schon von heute auf morgen auf eine Nachtschicht einstellen?

»Penn bloß nicht ein!«, ermahnte ihn Harry. »Falls ich dich brauchen sollte, brauch ich dich putzmunter!«

»Keine Sorge, ich bin topfit!«, grinste Henning. »Und damit du nicht beim Fischeschlitzen einschläfst, denk über unser kleines Rätsel nach: Heini und Erika liegen tot auf dem Fußboden, es ist kein Blut zu sehen ...«

»Gute Nacht, Däumchendreher! Ich muss zur Arbeit!«

Sie sprang aus dem Wagen und eilte auf den Fischgroßhandel zu, ihre gut anderthalb laufenden Meter stolz gestrafft. Henning sah ihr schmunzelnd nach. Harry würde es schon machen. Er stellte den Autositz auf halbe Liegeposition und lehnte sich entspannt zurück.

Ein Pulk schnatternder Frauen erwartete Harry in einem schmucklosen Raum, an dessen Wänden sich Metallspinde reihten. Überwiegend Ausländerinnen, schätzte Harry und überflog die Reihe ihrer neuen Arbeitsgefährtinnen – Türkinnen, Portugiesinnen, Spanierinnen. Da fiel sie mit ihrem griechischen Teint nicht weiter auf. Gut so.

»Du bist die Neue?« Ein gutmütiges, rundes Matronengesicht lächelte der Zivilfahnderin freundlich entgegen. Harry nickte, und die Frau reichte ihr die Hand. »Ich bin Luisa.« Sie wies auf einen der Metallspinde hinter sich. »Du nimmst den Schrank von Maria Fernandez. Die kommt nicht mehr!«

»Warum nicht?«, erkundigte sich Harry harmlos.

Luisa tat so, als würde sie verstohlen aus einer imaginären Flasche süffeln, und grinste anzüglich.

»Aha«, signalisierte Harry zum Zeichen, dass sie kapiert hatte. Sie zog ihre Jacke aus und hängte sie in den Schrank. Verborgen in einer Innentasche der Jacke steckte ihre Dienstwaffe, in einer anderen ihr Handy. Sollte sie diese Dinge bei sich tragen? Aber wie ließe sich das unbemerkt anstellen?

»Hier, zieh den an!« Harry fing den langen weißen Kittel auf, den Luisa ihr jetzt zuwarf. Ach was. Sie würde einfach nur ihre Augen offen halten. Kein Zugriff, dass hatte Bernd Voss ja ausdrücklich betont. Sie würde die Waffe nicht brauchen.

»Mach hin, die Fische warten!«, drängte ihre neue Kollegin, und Harry fuhr seufzend in den blütenweißen Kittel.

Dirk hatte seinen Heckflossen-Mercedes in der Nähe von Petras Haus stehen lassen. Der »Zapfhahn« lag nur ein paar hundert Meter entfernt, und die paar Schritte in frischer Nachtluft taten ihm nach dem bedrückenden Wiedersehen mit seiner alten Bekannten gut. Die Jahre schlugen nicht allen die gleichen Wunden, aber Petra hatte es hart erwischt. Sie war nicht älter als Dirk, doch im Gegensatz zu ihr lebte er in Gesundheit, Frieden und Erfüllung. Das empfand er durchaus nicht als Verdienst, sondern nur als Aufschub. Was für kleine und große Schurken galt, galt auch für die vermeintlich Guten: Irgendwann erwischte es jeden.

Dirk atmete tief durch und betrat die Kneipe, in deren gepflegtem Ambiente sich nur wenige Gäste verloren – zumeist biedere Leute aus der Nachbarschaft, die sich hier bei dezenter Musikberieselung zum Feierabendbier trafen, ohne groß Radau zu veranstalten. In einer Ecke saß für sich allein ein konventionell gekleideter Endvierziger mit zerquältem Gesichtsausdruck. Dirk erkannte Jörn Grothe auf den ersten Blick.

»N' Abend, Jörn. Darf ich mich zu dir setzen?«

Er blickte überrascht auf und erkannte den Überraschungsgast. »Dirk Matthies ...« Dann verfinsterte sich sein Gesicht plötzlich. »Schickt dich Petra?«

»Nee. Sollte sie?« Dirk setzte sich.

Sein Gegenüber sah skeptisch drein. »Du kommst doch nicht zufällig? Ich hab dich hier noch nie gesehen!«

Dirk lachte auf. »Alten Freunden kann man anscheinend nichts vormachen!« Innerlich suchte er fieberhaft nach einem Anfang. Wo ist Svenja, wenn man sie braucht?, fragte er sich. Seine Partnerin überlegte sich ihre Strategien meistens haarklein im Voraus. Er preschte in aller Regel einfach munter drauflos. Zusammen klappte das prima, aber jetzt war Dirk allein. Und man konnte ja schlecht auf den Busch klopfen und sagen: Hey Mann, ich glaube, du warst vorgestern einer von hundertfünfzig Leuten auf dem Billhorner Röhrendamm – dann ist die Straße eingekracht, du bist durch einen versteckten Schacht in ein stillgelegtes Siel gekrochen und hast dich mit einem herumliegenden Totenschädel unterm Arm heimlich aus dem Staub gemacht! Lass dir was einfallen, Matthies ...

»Ich wollte dich vorgestern schon ansprechen. Da hab ich dich gesehen, in Rothenburgsort!«

»Du warst da?«, staunte Jörn. »Als plötzlich die Straße aufgerissen ist?«

Dirk nickte. »Zusammen mit meiner Kollegin. Wir hatten natürlich alle Hände voll zu tun, kannst du dir ja denken! Und als ich mich später nach dir umgesehen habe, warst du schon weg.«

»Ich hatte einfach keine Ahnung, wie ich da hätte helfen sollen«, druckste Grothe. »Ich fand es besser, wenn ich nicht irgendwelchen Rettungskräften im Wege stehe!«

»Klar, war sicher richtig, gleich nach Hause zu fahren!«, legte Dirk eine Fußangel aus, doch Jörn zog ein finsteres Gesicht.

»Ich habe nicht gesagt, dass ich nach Hause gefahren bin.«

Ihre Blicke maßen sich einen Moment lang schweigend.

»Ist sie doch noch gekommen?«, erkundigte Dirk sich dann, betont beiläufig.

»Welche sie?«

»Du hast ganz offensichtlich auf jemanden gewartet, mit einer langstieligen roten Rose in der Hand – die du schließlich in einen Gully geworfen hast!«, versetzte Dirk. »Und erzähl mir nicht, die wäre für Petra gewesen! Deine Frau hat garantiert seit Ewigkeiten keine Blumen mehr von dir bekommen!«

»Du bist doch schon bei Petra gewesen!« In Grothes Augen glitzerte es verdächtig.

Dirk schüttelte den Kopf. »Was, zum Teufel, ist los mit dir?«

Der in die Enge Getriebene drehte verlegen an seinem Glas, bis er seine Gefühle wieder einigermaßen in den Griff bekam. »Was mit Petra los ist, weißt du dann ja wohl. Ihre Krankheit, meine ich.«

Dirk nickte und musterte ihn prüfend. »Hast du heimlich eine Geliebte? Ich halte dir keine Moralpredigt, versprochen! Ich will nur Bescheid wissen!«

Jörn Grothe schüttelte energisch den Kopf. »Die Rose war für eine … eine ehemalige Kollegin bestimmt. Sie sollte mir helfen, einen beruflichen Kontakt zu knüpfen! Leider hast du ganz richtig beobachtet – sie ist nicht gekommen.« Er drehte wieder nervös an seinem Glas. »Petra kann seit fünf Jahren nicht mehr arbeiten. Das Geld ist reichlich knapp bei uns …«

»Gut, du musst sicher viel schuften, um das auszugleichen!«, räumte Dirk ein. »Aber dann solltest du deine Frau wenigstens nicht auch noch abends allein zu Hause sitzen lassen!«

»Ich schufte überhaupt nicht. Genau das ist das Problem.« Grothe grinste freudlos. »Ich bin seit Monaten arbeitslos. Rationalisierungsmaßnahme. Aussortiert. Mit knapp fünfzig weg vom Fenster. Und demnächst läuft mein Arbeitslosengeld aus!«

Dirk pustete ratlos die Wangen auf. »Was sagt Petra dazu?«

Grothe zuckte deprimiert mit den Achseln, Tränen in den Augen. »Sie weiß es überhaupt nicht. Ich gehe morgens aus dem Haus, als sei nichts gewesen. Ich kann es ihr nicht sagen. Sie hat es nicht verdient. Und ich fühle mich hundeelend, wenn ich ihr gegenübersitze!«

»Geht es dir hier vielleicht besser?«

Jörn wich dem bohrenden Blick des Polizisten aus. Es brodelte in ihm. »Ich sag dir was, Matthies: Das Proletariat wird systematisch ausgebeutet!« Seine Stimme übertönte die entspannte Hintergrundmusik, Gäste und Bedienung sahen sich irritiert nach dem aufgebrachten Mann um.

»Das klingt aber gar nicht nach Ex-Bankangestelltem ...«, versuchte Dirk zu scherzen, aber Grothe war jetzt nicht mehr zu bremsen.

»Mehr steht mir nicht zu, was? Kleiner Bankangestellter!«, tobte er und sprang so energisch auf, dass sein Stuhl klappernd umfiel. »Ein kleiner Bankangestellter! Ihr habt alle keine Ahnung!« Wutverzerrt packte er sein Glas und warf es quer durch die Kneipe. Es zerschellte an einem großen Emailleschild mit der sinnigen Inschrift: »Hier sprich dich aus, lass die Sorgen zu Haus!« Während Dirk, wie alle anderen, ratlos auf die Scherben glotzte, schlug hinter Jörn Grothe die Kneipentür zu.

Mit spitzen Fingern öffnete Hariklia Möller ihren Kittel, streifte ihn vorsichtig ab und warf ihn zu anderen gebrauchten Exemplaren seiner Art in einen Container.

Kaum noch eine Spur von Blütenweiß. Blutrot, wie nach einem Massaker. Harry fühlte sich wie die letzte Überlebende einer Schlacht. Allerdings mehr tot als lebendig.

»War gar nicht so schwer, was?« Die gutmütige, ewig grinsende Luisa wirkte so frisch wie zu Schichtbeginn. Sie klopfte der kleinen Griechin großmütig auf die Schultern. »Hast dich gut gehalten, für die erste Nacht! Bis heute Abend dann!«

»Ja«, hauchte Harry erschöpft, zog ihre Jacke über und trottete hinter ihren Kolleginnen aus dem Umkleideraum hinaus. Was für ein Job! Maria Fernandez hatte ihr vollstes Verständnis. Wenn ihr jetzt jemand einen Ouzo anböte, würde sie sich die ganze Flasche an den Hals setzen! Und selbst danach wäre vermutlich noch immer nicht der penetrante Fischgeruch aus ihrer Nase gewichen ...

Fische, Fische, Fische. Die ganze Nacht hatten die anderen Frauen und sie nichts anderes getan, als Fische auszunehmen, Köpfe und Flossen abzutrennen, Filets zu schneiden. Die kurzen Pausen waren unter lebhaftem Geschnatter in einer kleinen Kaffeeküche verflogen, und es war Harry rein gar nichts aufgefallen, was irgendwie als verdächtig gewertet werden könnte. Bei Jansen schien man nicht mal gegen die hygienischen Vorschriften zu verstoßen. Und der Chef höchstpersönlich thronte fast während der gesamten Schicht in einem kleinen Glaskasten-Büro am Rande der Halle, in der Harry und die anderen Frauen arbeiteten.

Sie trat ins Freie und schnappte nach Luft wie ein ... verdammt, bloß nicht mehr an Fische denken!, ermahnte sie sich. Wo parkt Henning? Dahinten. Treue Seele. Obwohl, wenn der gleich auch nur einen dummen Spruch über Fischgeruch ablässt, dann ...

Henning Schulz stieg aus dem Wagen und reckte sich. Die feuchte Kälte der Nacht saß ihm in den Knochen. Wo blieb Harry bloß? Die anderen Frauen waren schon alle vorbei ...

Da kam sie. Manchmal wirkte sie trotz ihrer zierlichen Statur wie eine Riesin. Aber jetzt schlurfte sie müde heran, zerbrechlich wie ein kleines Kind. Stehend k.o., diagnostizierte Henning und öffnete ihr galant die Beifahrertür. Ohne ein Wort fiel Harry in den Sitz. Henning schmunzelte, ging um den Wagen herum, stieg ein und fuhr los.

Zwei Ampeln weiter hielt er es vor Neugier nicht mehr aus. »Nun sag schon! Wie war's?«

Ein herzzerreißendes Schnarchen antwortete ihm. Harry war längst eingeschlafen.

Erst der Milchladen, daneben Bäcker Küver. Dazwischen der Torweg, in dem es so wunderbar hallt, wenn man einen Fußball gegen die Wand schießt. Richard besitzt einen echten Lederball. Wenn sie den an späten Sommerabenden unermüdlich gegen die Hauswand im Torweg donnern, hängt irgendwann unweigerlich der alte Küver aus dem Fenster – zornrot und im Nachthemd, weil er schon früh um drei wieder in seine Backstube muss und schlafen will.

Da ist die Mauer mit dem flachen Absatz auf der Krone, sein Lieblingsplatz. Hoch über der Welt und mit Blick auf Sannas Fenster. Hier liegen, zwischen Himmel und Erde, und Karl May lesen. Mit Shatterhand über die Prärie reiten. Rijkhoff will immer Shatterhand sein. Dabei ist er eigentlich Santer, der Schurke, der die schöne Nscho-tschi auf dem Gewissen hat. Sanna ...

Ihr Fenster ist nicht mehr da! Die Sonne steht so tief,

ist es Morgen oder Abend? Nach Hause, die Mutter wartet sicher schon! Das Licht ... die Flammen! Keine Sirenen mehr, nur noch ein heulendes Brausen, als sei die Hölle entfesselt! Schwarze Buckel im Asphalt ...

Nach Hause! Wo war das Haus? Die Mauer? Das Fenster?

»Mama!«

Irgendwas stimmte hier nicht. Revierchef Bernd Voss peilte beunruhigt durch das kleine Fenster in der Trennwand zwischen seinem Büro und dem großen Dienstraum. Jeder erwischte mal einen schlechten Tag, aber alle auf einmal? Da drüben herrschte Eiszeit. Natürlich wurde gearbeitet, aber besonders fröhlich wirkte das alles nicht! Philip Caspersen sah regelrecht verbittert aus. Svenja Menzel und Dirk Matthies schwiegen sich an. Am normalsten wirkte noch Lothar Krüger, der eifrig eine Tastatur klappern ließ und dann, zufrieden summend, darauf wartete, dass der Drucker das Resultat seiner Fron ausdruckte.

»Wieder ein Dokument für die Ewigkeit!«, verkündete Lothar tiefsinnig und stanzte Löcher in das Schriftstück, um es ablagefertig zu machen.

»Bilde dir das nicht ein!«, pflaumte Svenja ihn an. »Das Papier ist holzhaltig! Anfällig für Säurefraß! Das hält nur ein paar Jahrzehnte, dann zerfällt es!«

»Echt?«, staunte Lothar verblüfft.

Svenja nickte. »Wissenschaftlich erwiesen!«

»Mensch ...« Schwer verunsichert ließ Krüger den Blick über die langen Aktenreihen im Schrank schweifen und sah vor seinem geistigen Auge deren Inhalt bereits zu Staub zerfallen – Tage, Monate, Jahre angestrengter Polizistenarbeit vernichtet ... »Dagegen muss man doch was unternehmen!«

»Mach dir dein eigenes Papier aus alten Lumpen«, schlug Svenja vor. »Das hält ewig, sagt die Wissenschaft.«

Lothar stierte ratlos ins Nichts. »Ich geb meine alten Klamotten immer in die Altkleidersammlung«, murmelte er verloren.

»Auf deinen ollen Unterbüxen will auch kein Mensch schreiben!«, kommentierte Dirk trocken und griff zum Telefon, das auf seinem Schreibtisch klingelte. Während er sprach, trat Voss aus seinem Büro und kam zu Svenja herüber.

»Da ist wieder was am Billhorner Röhrendamm!«

Svenja horchte auf. »Der alte Lornsen?«

»Könnte sein«, nickte der Revierchef. »Da ist eine große Hausbaustelle, auf der ein alter Mann herumgeirrt ist. Die Bauarbeiter haben ihn eben in einem frisch gemauerten Keller entdeckt!«

»Es ist Lornsen!«, bestätigte jetzt Dirk, der gerade den Hörer auflegte. »Das war Frau Rathjens vom Altenheim. Lornsen ist wieder auf Tour, wahrscheinlich schon die halbe Nacht! Es ist erst jetzt aufgefallen, weil die Morgenschicht im Heim unterbesetzt ist und ihn eben erst waschen wollte!«

Aus so einem Heim würde ich auch abhauen, dachte Voss und sah seinen beiden Leuten nach, die eilig die Wache verließen.

Hinter dem vertrauten Lenkrad des 14/2 riskierte Dirk einen vorsichtigen Seitenblick auf seine nachdenklich wirkende Partnerin. »Na – stink ich dir immer noch?«

Sie musste unwillkürlich lachen. »Das mit dem Sielmuseum war schon ein ziemlich starkes Stück, Matthies! Nächstes Mal suche ich die Location aus, klar?«

»Okay«, schmunzelte Dirk. »Wie war die Badeorgie danach?«

»Vom Feinsten! Weißt du eigentlich, warum Herbert Lornsen immer wieder nach Rothenburgsort läuft?«

»Keine Ahnung.«

»Er ist dort als Kind aufgewachsen. Billhorner Röhrendamm 126!« Sie berichtete kurz, wie sie zu dieser Information gekommen war.

Ihr Partner pfiff nachdenklich durch die Zähne. »Sein Elternhaus ist im Krieg sicher zerstört worden. Und jetzt sucht er es ...«

»Könnte nicht die tote Frau im alten Siel etwas mit Lornsen zu tun haben? Vielleicht hat sie während der Bombardierungen dort unten Schutz gesucht! Vielleicht ist es diese Sanna, von der er ständig fantasiert!«

Dirk schüttelte den Kopf. »Das haut nicht hin. Die Tote hat zur Zeit des Krieges noch gar nicht gelebt! Sie starb erst vor circa 25 Jahren!« Und dann erzählte er von seinem Gespräch mit Kanalratte Kempinski, dem überraschenden Zusammentreffen mit Kommissar Weber und dem versteckten Einstieg in die Kanalisation. Seine eigene Schlussfolgerung hinsichtlich des »Rosenkavaliers« und die Begegnungen mit Petra und Jörn Grothe behielt Dirk für sich. Grothe befand sich fraglos im seelischen Ausnahmezustand und machte nicht den stabilsten Eindruck, aber das war noch kein ausreichender Grund, ihn mit dem Skelettfund in Verbindung zu bringen. Jetzt, am Tag danach, kam Dirk sein eigener Verdacht in dieser Hinsicht ziemlich idiotisch vor.

Svenja lauschte seinen Ausführungen aufmerksam bis zum Ende. »Das wird immer rätselhafter mit dieser toten Frau!«

»Zum Glück nicht unser Fall, wie Kommissar Weber

stets betont! Komm, Lornsen wartet.« Er lenkte den Streifenwagen um die Schlaglöcher der großen Baustelleneinfahrt. Ein Arbeiter mit gelbem Schutzhelm winkte ihnen vom Baubüro aus zu, einem Container mit kleinen Fenstern und offener Tür.

Herbert Lornsen hing kraftlos in einem Plastikstuhl und starrte ins Leere. Der Mann mit dem gelben Helm zuckte hilflos mit den Schultern. »So sitzt er die ganze Zeit! Sagt nichts, tut nichts!«

Svenja hockte sich neben den Alten und berührte vorsichtig seine Hand. Die Haut fühlte sich heiß an, der Blick glänzte fiebrig.

»Herr Lornsen, erkennen Sie mich wieder? Ich bin die Polizistin, Svenja Menzel ...«

Lornsen wandte sich ihr langsam zu, ein Funke des Erkennens glomm in seinen Augen auf. »Die Polizistin, ja ...«

»Kommen Sie, ich bringe Sie nach Hause!«

»Die Polizistin!« Aufgeregt packte der Alte Svenja beim Ärmel. »Sagen Sie Richard, er soll Sanna in Ruhe lassen!«

»Welcher Richard?«

Atemlos versuchte Svenja seinen flackernden Blick zu bannen.

»Rijkhoff ... Richard van Rijkhoff ...«

Petra Grothe bugsierte keuchend einen vollen Wäschekorb ins enge Badezimmer, stopfte die Klamotten in die Waschmaschine, stellte das Programm ein und startete das Gerät. Es passierte gar nichts. Sie wiederholte die Programmierung und trat frustriert gegen die betagte Maschine, als diese gnadenlos den Dienst verweigerte.

Schluchzend schaffte Petra es bis ins Wohnzimmer

und in den Sessel. Es ist doch nur eine blöde Maschine, versuchte sie sich einzureden. Aber das klappte nicht. Es war zu viel. Irgendwann war es einfach zu viel! Sie konnte das nicht mehr ertragen. Die Krankheit. Die Schwäche, jeden Tag schlimmer. Das wenige Geld. Jörns deprimiertes Gesicht, wenn er morgens zur Arbeit schlich und abends erst aus der Kneipe kam, wenn er glaubte, sie würde schlafen. Sie schlief aber nicht. Sie schlief kaum noch. Und jetzt diese verdammte Scheiß-Waschmaschine!

Petra verkroch sich im Sessel wie ein kleines Kind. Träum von besseren Zeiten, was bleibt dir sonst? Bleib im Sattel, hatte Dirk gesagt. Sie hatte ihrem Mann nichts von Dirk Matthies' Besuch erzählt. Wozu auch? Jörn erzählte ja auch nie mehr etwas. Dirk und die Motorrad-Clique, das waren Zeiten! Damals konnte sie nichts umhauen! Über eine schrottige Waschmaschine hätte sie nur gelacht. Wie hatte Dirk das gestern genannt? Die »Suzie-Sonnenschein-Therapie«. Mit Erfolgsgarantie. Damals jedenfalls.

Reiß dich am Riemen, Mädchen!, schalt, sie sich selbst und zwang sich kerzengerade in den Sessel. Vielleicht hast du es doch noch drauf! Kannst dich nicht hängen lassen, schon wegen Lina nicht ...

Die »Suzie-Sonnenschein-Therapie«. Als sie Jörn kennen lernte, war der Mann doch völlig am Boden gewesen. Das hatte sie Dirk gerade gestern erst erzählt, und auch, wie sie ihn wieder aufgerichtet hatte: »Ich hab ihn jeden Tag nach Feierabend in der Bankfiliale abgeholt, wo er damals gearbeitet hat. Irgendwann war dann alles gut ...«

Irgendwann hatte sie ihn nicht mehr abgeholt. Irgendwann hatten sie nicht mehr gemeinsam gelacht. Irgendwann wurde nur noch geschwiegen.

Wenn ich den Dialysetermin etwas vorverlege, kriege

ich es hin, überlegte Petra. Die »Suzie-Sonnenschein-Therapie«!

Nur noch ein paar Stunden, frohlockte Lothar Krüger. Dann bringe ich der schnuckeligen Gunda Siebert ihr Auto zurück! Was sie wohl zu essen machen wird? Obwohl – solange er ihr tief in die schönen Augen sehen könnte, dürfte sie ihn ruhig mit pappigen Crackern abfüttern ... Den Radkasten hatte er ganz gut ausgebeult, den Reifen flicken lassen und neu aufgezogen, vielleicht sollte er noch mal mit Schwamm und Wasser über die Karosserie gehen – das gäbe bestimmt Extrapunkte!

Minuten später stand Lothar neben Gunda Sieberts Kleinwagen und tauchte schwungvoll seinen Schwamm in den Eimer.

»Jetzt wäschst du die Karre auch noch?«, erscholl es neben ihm, zornig und fassungslos zugleich.

»Für nette Menschen tue ich alles«, behauptete Lothar hochnäsig, »sogar in meiner Mittagspause!«

Philip Caspersen schnaubte verächtlich und sah kopfschüttelnd zu, wie sein Kollege den voll gesogenen Schwamm auf die Frontscheibe klatschte und plötzlich erstarrte: Auf dem Fahrersitz lag bewegungslos eine fette, haarige Riesenspinne!

Stinksauer riss Lothar die Wagentür auf, packte die Spinne mit schnellem Griff und fuchtelte damit vor Philips Gesicht herum.

»Glaubst du, ein Witz wird besser, wenn man ihn wiederholt? Sich über meine Gummispinne aufregen und mir dann selbst eine ins Auto legen!« Philip stand wie vom Donner gerührt – wütend schleuderte Lothar ihm die Spinne vor die Füße. »Voll peinlich!«

Das Monstrum lag regungslos da. Plötzlich entfalteten sich seine haarigen Beine und es krabbelte auf Philip zu, der panisch aufschrie!

»Lothar!«

»Scheiße, die ist echt ...«, stammelte Krüger erschrocken, reagierte dann jedoch blitzschnell: Er kippte das Waschwasser aus dem Eimer und warf seinem bedrängten Kollegen den leeren Behälter zu. Caspersen fing den Eimer ab und stülpte ihn geistesgegenwärtig über das krabbelnde Monster – gerettet!

Die beiden Polizisten wechselten einen fassungslosen Blick – dann gingen sie Seite an Seite in die Knie und starrten erschüttert auf den Eimer, als sei er ein Gegenstand von einem anderen Stern.

»Mannomann!«, murmelte Philip.

Lothar schüttelte müde den Kopf. »Ich rauch ja gar nicht, aber jetzt würd ich gerne!«

Neben ihnen auf der Straße stoppte ein Wagen – der 14/2. Dirk Matthies lehnte sich aus dem Seitenfenster. »Alles klar, Jungs?«

Lothar sah den besorgten Kollegen unbewegt an und verkündete mit Grabesstimme: »Wir haben eine Spinne gefangen.«

Dirk glotzte verständnislos auf die merkwürdige Szenerie. Zwei Uniformierte und ein Eimer. »Dann ruft doch die Polizei!«, schlug er kopfschüttelnd vor und ließ den Streifenwagen durch die Einfahrt zum Hinterhof rollen. Krüger und Caspersen verharrten unbeirrt neben ihrem Eimer.

»Tierheim Süderstraße«, hatte Lothar plötzlich eine Eingebung. »Da rufen wir an!«

In Philips Gesicht kehrte allmählich die Farbe zurück. »Und ich Doofmann hab nicht glauben wollen, dass die Siebert tatsächlich so ein Biest im Auto hatte!«

»Die Schramme in deinem Benz ...«, tastete Lothar sich vorsichtig vor, »hat die Werkstatt das eigentlich gut hingekriegt?«

Sie musterten sich verlegen – dann streckte Philip langsam die Hand vor. »Entschuldigung, Kollege!«

Lächelnd schlug Lothar ein.

Dirk werkelte routiniert in der kleinen Küche des Revier-Aufenthaltsraumes herum. Alter Kaffeefilter raus, neuer rein, Wasser in die Maschine, nebenbei die Schnellterrine aufgießen und umrühren. Ein rasches Mittagessen wie tausendmal zuvor.

Lornsens Worte beschäftigten Svenja immer noch. Der alte Mann war von ihnen im »Rosengarten« abgeliefert worden. Zunächst hatte er noch wirres Zeug gemurmelt, später gar nichts mehr von sich gegeben. Er schien schwer zu fiebern. Frau Rathjens war über seinen Zustand ziemlich entsetzt gewesen, und eine andere Pflegerin hatte gemurmelt: »Eine Lungenentzündung gibt ihm den Rest ...«

»Richard van Rijkhoff! Den Namen habe ich deutlich gehört, und den gibt es bestimmt nicht häufig, nicht mal in einer so großen Stadt!«

»Zwischen Rothenburgsort und dem Falkenstein liegen Welten!«, gab Dirk zu bedenken. »Und der van Rijkhoff, in dessen Villa wir vorgestern waren, sieht längst nicht so alt aus wie der olle Lornsen!«

»Geld hält jung!«, behauptete Svenja. »Und sein Geld braucht Rijkhoff nicht von Geburt an besessen zu haben!«

Die Tür öffnete sich, ein Bürokollege reichte Dirk ein gefaltetes Papier herein. »Ein Fax für dich, Matthies! Von der Mordbereitschaft Drei – Kommissar Weber.«

»Danke.«

Der Kollege zog sich zurück. Dirk legte das Papier neben die Kaffeemaschine, stellte einen dampfenden Suppenbecher vor Svenja auf den Tisch und sah sie ernst an.

»Angenommen, der stinkreiche Richard van Rijkhoff und das arme Schwein Herbert Lornsen sind in etwa gleichaltrig. Angenommen, sie waren vor dem Krieg tatsächlich Nachbarn in Rothenburgsort. Meinetwegen auch noch angenommen, Lornsen hegt seit damals einen Groll auf Rijkhoff – weswegen auch immer! Dann geht uns das trotzdem alles nichts an!«

Svenja rührte in ihrer Suppe, ohne etwas zu essen. »Hast ja Recht.«

»Genau.« Dirk nickte selbstzufrieden, langte nach dem Fax und begann es zu überfliegen. »Aha, Weber hat Wort gehalten.«

Svenja sah neugierig zu ihm herüber. »Die Liste der vermissten Frauen?«

»Alles um 1977 herum, alle damals etwa zwanzig Jahre alt.« Er stutzte plötzlich, dann warf er seiner Kollegin einen betroffenen Blick zu und legte die Liste neben ihren Suppenbecher. »Das ist jetzt aber irgendwie mehr als bloß ein Zufall!«

Sein Finger wies auf einen bestimmten Namen, und Svenja stockte beim Lesen der Atem: Britta van Rijkhoff!

Der Mann vom Tierheim schob den engmaschigen Käfig mit der längst wieder regungslos verharrenden Spinne ins Licht einer Schreibtischlampe und genoss die allgemeine Aufmerksamkeit. So viele Polizisten auf einmal, und alle hingen gebannt an seinen Lippen! Endlich war seine Expertenmeinung mal gefragt. Er kniff prüfend die

Brauen zusammen. »Avicularia, würde ich sagen! Ein ausgewachsenes Prachtexemplar! Lebt in Südamerika …«

»Die hier leider nicht«, unterbrach Lothar Krüger trocken. »Was ist das, eine Avi … Avidingsbums?«

»Avicularia! Auch bekannt als Vogelspinne!«

Philip Caspersen schluckte. »Sind die nicht höllisch giftig?«

»Ach was!« Der Tierpfleger schüttelte energisch den Kopf. »Ihr Biss ist vielleicht ein bisschen gefährlicher als ein Wespenstich, aber was ist das schon!« Er wandte sich wieder der Kreatur im Käfig zu. »Absolut faszinierend! Es ist eine Spinnenart, die kein Netz baut!«

»Wie fängt sie dann ihre Beute?«, wollte Lothar wissen.

»Sie springt ihre Beute an und –« Der Tierpfleger schnappte mit der Hand nach dem neben ihm stehenden Polizisten, der vor Schreck einen Schritt zurückwich.

Philip blies die Wangen auf. »Da haben wir ja noch mal Glück gehabt! Wer hält sich bloß freiwillig so ein Biest?«

»Da gibt es jede Menge Liebhaber«, bemerkte der Mann vom Tierheim achselzuckend. »Allerdings haben etliche von denen keinen Schimmer von artgerechter Haltung! Ich hatte mal einen Fall, da hat sich ein Spinner ein paar Taranteln in Marmeladengläsern gehalten. Irgendwann ist das Regal zusammengekracht, und die Spinnen sind alle raus …«

Lothar schüttelte sich. »Und der Oberspinner?«

»Natürlich totgebissen! Aber die Spinnen hab ich alle gekriegt – lebend, versteht sich!«

»Dann nehmen Sie die hier man auch gleich mit!« Lothar drückte dem Tierpfleger schaudernd den kleinen Käfig in die Hand und brachte den Mann zur Tür, während die Kollegen allmählich wieder an die Schreibtische zurückkehrten und ihre unterbrochene Arbeit aufnahmen. Die Sensation war vorbei.

Als Krüger zurückkehrte, fing Philip ihn ab. »Ich werde mich natürlich auch noch bei Frau Siebert für mein Benehmen entschuldigen, Lothar. Kannst du ihr das nachher schon mal ausrichten?«

Lothar nickte erfreut. »Vielleicht änderst du noch ein paar unfreundliche Formulierungen in dem Unfallprotokoll, meinst du nicht? Von wegen ›hysterisch‹, ›angebliche Spinne‹ und so!«

Caspersen zog das Dokument zielsicher aus einer Ablage und legte es vor sich auf den Tisch. »Wird sofort gemacht!«

In diesem Moment klingelte sein Telefon.

»14. Revier, Caspersen ...« Er erkannte die Stimme sofort. Frau Behnke, Gott sei ihm gnädig!

»Wie schön, dass ich Sie gleich persönlich an der Strippe habe!« In ihrer Stimme schwang kaum verborgener Triumph. »Ich bin nämlich gerade eben wieder in unserem Keller gewesen.«

»Ein Fläschchen Marillenlikör holen?«, konnte sich Philip nicht verkneifen.

»Ich mach da sauber!«, tönte es empört. »Ich weiß ja nicht, wie's bei Ihnen auf der Wache aussieht! Aber wo ich wohne, da gibt's keinen Dreck – nicht mal im Keller!«

Trotz des Abstandes verstand Lothar jedes Wort. Er zwinkerte seinem leicht genervten Kollegen aufmunternd zu, während Helga Behnke weiter lautstark vom Leder zog. »Keinen Dreck, sag ich, und auch keine Schlangen!«

»Dann ist ja alles bestens«, wagte Philip einzuwenden.

»Weil ich das Biest nämlich kaltgemacht habe!«, verkündete die Behnke zufrieden. »Mit meinem Schrubber!«

Caspersen blieb glatt die Luft weg. »Sie haben was?«

»Sie traben jetzt mal schön hier vorbei und gucken sich das Viech selber an!«, kommandierte Frau Behnke resolut. »Bis gleich. Sibeliusstraße 24!« Sie legte auf.

Philip seufzte, dann bemerkte er, dass sein Kollege ihn entgeistert anstarrte. »Ich finde das ja auch komisch!«, versuchte er eine Erklärung. »Erst die Vogelspinne, jetzt 'ne tote Schlange ...«

»Sibeliusstraße!« Lothar riss das Unfallprotokoll des Falles »Siebert gegen Caspersen« vom Schreibtisch und wedelte damit aufgeregt vor Philips Nase herum. »Sibeliusstraße 24! Das ist die Adresse von Gunda Siebert, verstehst du?«

Die Ahornallee wirkte, als sei sie schon immer hier gewesen. Mit perfekt getrimmten Kronen flankierten die Bäume nun beiderseits des geschotterten Weges die Zufahrt zur Rijkhoff'schen Villa. Wie vor zwei Tagen erwartete Gabi van Rijkhoff die Polizisten bereits in der offenen Haustür.

»Guten Tag. Sie möchten sicher meinen Mann sprechen. Bitte, folgen Sie mir!«

Dirk und Svenja wechselten einen verwunderten Blick. Das klang fast so, als hätte man sie erwartet! Dabei hatten sie sich nicht angemeldet, sondern waren auf gut Glück hinaus zum Falkenstein gefahren.

Richard van Rijkhoff stand reglos vor dem Panoramafenster zum Park und drehte sich erst um, als die Polizisten schon fast neben ihm waren. Heute wirkte er nicht ganz so fit wie neulich, fand Svenja. Oder täuschte sie sich?

»Guten Tag. Haben Sie neue Erkenntnisse?«

Dirk begriff sofort. »Meine Kollegen waren schon bei Ihnen?«

»Vor einer halben Stunde«, bestätigte Rijkhoff. »Sie wollten wissen, ob Britta früher jemals einen Knochenbruch oder eine ähnliche Verletzung hatte!«

»Hatte sie?«

Der Mann am Fenster schüttelte den Kopf. »Nur eine kleine Brücke im Gebiss. Ein Sportunfall, beim Hockey! Und dann berichtete man mir, dass man ein weibliches Skelett gefunden hat – ohne Schädel ...« Er schluckte schwer, riss sich aber gleich wieder zusammen. »Aber sie sagten auch, es sei nicht unbedingt wahrscheinlich, dass diese ... diese tote Frau aus dem Siel meine Britta ist!«

»Das stimmt«, beruhigte Dirk. »Es wäre nur eine von sehr vielen Möglichkeiten.«

Richard van Rijkhoff blickte wieder aus dem Fenster. »Ich kann dazu gar nichts mehr sagen. Es ist so lange her. Und es ist nicht so, dass ich Britta ganz plötzlich von einem Tag auf den anderen verloren hätte! Sie ist mir viel früher entglitten ...« Er starrte abwesend hinaus, dann wandte er sich erneut den Polizisten zu. »Alles, was ich machte – alles, wofür ich stand, war in Brittas Augen grundverkehrt! Wir haben schon vor ihrem Verschwinden nicht mehr miteinander geredet!«

Er kniff plötzlich die Augen zusammen und musterte Dirk scharf. »Was haben Sie eigentlich mit der Angelegenheit zu tun? Sie sind doch gar nicht von der Kripo?«

»Ich habe die Leiche gefunden.« Dirk baute darauf, dass Rijkhoff das zunächst als Erklärung schluckte. »War Britta öfter in Rothenburgsort?«

»Keine Ahnung. Ich denke, ich muss auch nicht weiter mit Ihnen darüber sprechen!«

»Sie selbst sind dort aufgewachsen!«, preschte Svenja jetzt vor. »Billhorner Röhrendamm, nicht wahr?«

»Stimmt.« Rijkhoff blinzelte überrascht. »Woher wissen Sie das?«

»Herbert Lornsen hat es uns erzählt.«

»Lornsen, der alte Träumer!«, grinste Rijkhoff – nicht das erfreute Lächeln eines Mannes, der sich eines guten Freundes erinnert, fiel Svenja auf. Eher kalt und gemein. »Was macht der Bursche so?«

»Er ist meistens ziemlich verwirrt. Er haut dauernd aus dem Altersheim ab, in dem er untergebracht ist, und läuft zum Billhorner Röhrendamm, wo er mal gewohnt hat. Aber da ist jetzt nur noch eine große Baustelle!«

»Wir bauen da ein Geschäftshaus«, bemerkte Rijkhoff gelassen.

Dirk war verblüfft. »Das Grundstück gehört Ihnen?«

»Das ganze Areal. Seit 1950.« Rijkhoff lächelte stolz. »Das war damals meine erste Immobilie!«

»Das Siel, in dem ich das Skelett gefunden habe, liegt direkt vor diesem Grundstück –«

Rijkhoff schnitt Dirk wütend das Wort ab. »Sollte das etwas zu bedeuten haben? Habe ich vielleicht meine eigene Tochter umgebracht? Es reicht jetzt. Auf Wiedersehen!«

Er wandte sich brüsk ab. Ende der Durchsage, dachte Dirk und gab seiner Kollegin durch ein diskretes Nicken das Zeichen zum Rückzug. Svenja raffte sich zu einem letzten Vorstoß auf. »Herr van Rijkhoff; was ist eigentlich aus Sanna geworden?«

Der Mann starrte mit unbewegter Miene schweigend aus dem Fenster, abweisend und kühl, einen Arm vor der

Brust wie Kaiser Napoleon. Doch obwohl sich die Finger in das Revers des eleganten Jacketts krampften, entging den Polizisten das Zittern seiner Hand nicht.

Gabi van Rijkhoff geleitete sie zurück zur Haustür. Ihr trainierter Körper wirkte angespannt, und die Miene verriet, dass es in ihr brodelte. Britta kann nicht ihre Tochter gewesen sein, überlegte Dirk – dafür ist die Frau viel zu jung.

Sie riss energisch die Tür auf. Unter ihrem Auge pochte ein nervöser Tic. »Auf Wiedersehen! Und bitte belästigen Sie meinen Mann nicht wieder ohne einen zwingenden Grund!«

»Wir versuchen nichts anderes, als vielleicht den Verbleib seiner verschwundenen Tochter aufzuklären!«, entgegnete Dirk ruhig. »Das sollte eigentlich zwingend genug sein.«

»Wissen Sie was?«, giftete sie. »Ich hatte in den letzten 25 Jahren weitaus mehr Angst davor, Britta lebendig wiederzusehen, als vielleicht Sorge um ihr Wohlbefinden!«

»Sie und auch Ihr Mann?«

Sie funkelte Dirk wütend an. »Vielleicht ist sie in den Nahen Osten oder nach Südamerika gegangen, in irgend so ein Ausbildungscamp! Untergetaucht! Syrien, Palästina, Nicaragua, was weiß ich! Jahrelang haben wir bei jedem Terroranschlag gezittert, weil wir damit rechneten, vielleicht ihr Bild in der Tagesschau zu sehen!«

»So war Britta drauf?«, schaltete sich Svenja ein.

Gabi van Rijkhoff nickte heftig. »So war sie drauf! Nieder mit der Weltordnung, es lebe das Chaos! Nehmt es den Reichen und gebt es den Armen!« Sie schnaubte verächtlich. »Sie selbst hat immer bloß genommen! Mit

Richard wollte sie nicht mehr reden, aber die monatliche Überweisung hat sie stillschweigend kassiert! Bis zuletzt wenigstens – nach ihrem Verschwinden hat sie ihr Konto bei der Hansekasse nicht mehr angerührt. Da steckte sie wahrscheinlich schon im Untergrund.«

Im Untergrund. Falls die Leiche im Siel tatsächlich Britta van Rijkhoff war, stimmte das sogar wörtlich.

»Ab wann genau hat Britta das Konto nicht mehr angerührt?«, hakte Dirk nach. »Wissen Sie das noch?«

»November 1977. Da hatte sie Richard bereits ein Jahr nicht mehr gesehen.« Gabi van Rijkhoff strich sich nervös eine Haarsträhne aus dem Gesicht. »Ich hab Britta im Sommer 77 noch einmal besucht. Sie hauste in einem fürchterlichen, engen Zimmer zur Untermiete, irgendwo in der Marckmannstraße ...«

»In Rothenburgsort?«, horchte Dirk auf. »Haben Sie das den Kollegen von der Kripo vorhin auch erzählt?«

Sie nickte. »Selbstverständlich!« Sie straffte sich. »Hören Sie – das alles liegt jetzt mehr als ein Vierteljahrhundert zurück. Es ist nach wie vor völlig ungeklärt, ob es überhaupt Brittas Leiche ist, die jetzt entdeckt wurde. Und ohne den offenbar nicht auffindbaren Schädel wird sich das auch kaum klären lassen. Also, bitte sehr ...« Sie hielt die Tür auffordernd weit auf. Die Polizisten fügten sich der unmissverständlichen Geste und traten ins Freie hinaus. Dort zögerte Dirk einen kleinen Moment, bevor er sich noch einmal an die Hausherrin wandte.

»Warum haben Sie Britta in der Marckmannstraße besucht?«

Sie zuckte ratlos mit den Schultern. »Ich wollte zwischen ihr und Richard vermitteln. Einen letzten Versuch machen.«

»Standen Sie ihr so nah?«, wollte Svenja wissen. »Ich meine, Sie müssen ungefähr in einem Alter gewesen sein?«

Auf Gabi van Rijkhoffs Gesicht zeichneten sich plötzlich hart sämtliche Falten ab, die sich weder mit Kosmetik noch durch Chirurgie mehr glätten ließen. »Wir waren in einer Schulklasse.«

Damit schloss sie die Haustür.

»Glaubt ihr mir jetzt endlich, hä?«, trompetete Helga Behnke und schwenkte ihren Scheuerbesen wie ein Feldzeichen. Dann legte sie ihn ein wie eine Lanze und lupfte den bräunlich getupften Kadaver an, so dass er beidseitig des Besenstiels schlaff herabhing. »Einen Weltkrieg mitgemacht, vier Gören großgezogen, und das Biest hier hab ich jetzt auch noch überlebt!« Hinter der großen Hornbrille funkelten ihre Augen triumphierend.

»Eryx johnii!«, stieß der Mann vom Tierheim Süderstraße begeistert hervor, ergriff das leblose Reptil, legte es in eine kleine Transportkiste und ließ den Deckel zuschnappen.

»Kann der Mann kein Deutsch?«, erkundigte sich Frau Behnke besorgt, doch der Tierpfleger ließ sich in seiner Begeisterung über den Fund nicht beirren.

»Eine Sandboa! Kommt in Pakistan und im Iran vor! Bevorzugt trockene Wüsteneien! Sie jagt nicht mit Gift, sondern erdrückt ihre Opfer!«

»Diesmal lief's andersrum!«, konstatierte die Behnke zufrieden und rammte gewichtig Philip Caspersen ihren kräftigen Ellenbogen in die kurzen Rippen. »Was sagen Sie nun, Herr Wachtmeister?«

Philip war sprachlos. Bereits von der Wache aus hatten sie den Tierpfleger verständigt, und der war fast zeitgleich mit ihnen vor dem großen Hochhaus in der Sibeliusstraße eingetroffen. Helga Behnke hatte sie bereits erwartet und die versammelte Reptilien-Expedition, bestehend aus zwei Polizisten, einem Tierpfleger und einem verdrucksten Hausmeister, wild lamentierend in einen langflurigen Hauskeller geführt – bis hin vor die gemeuchelte Kreatur, die jetzt ihre vorläufig letzte Ruhestätte in der kleinen Kiste einnahm.

»Sie haben doch neulich noch eine weitere Schlange gesehen«, fiel es Lothar Krüger jetzt wieder ein.

»Jawoll ja!«, bestätigte die Behnke energisch. »So 'ne kleine grüne!«

»Viperidae!«, dozierte der Mann vom Tierheim enthusiastisch und zog gleich darauf ein bedenkliches Gesicht. »Vipern sind nun allerdings ziemlich giftig!«

Krüger schluckte unweigerlich und peilte nervös in dunkle Ecken – davon gab es hier unten reichlich ...

»Wo war das genau, Frau Behnke?«

Die kleine Karawane bewegte sich, angeführt von der kämpferischen Rentnerin mit zackig präsentiertem Reinigungsgerät, aus den Niederungen der fahl beleuchteten Katakomben hinauf ins taghelle Treppenhaus. Sie erklommen mit dem Lift einige Stockwerke und stoppten vor einer großblättrigen Topfpflanze, die in einer dunklen Ecke ihr schattiges Dasein fristete. Der legendäre Gummibaum, erkannte Philip.

»Hier war's!«, verkündete Frau Behnke. »Sie dürfen den Topf gerne beiseite schieben. Ich wische auch in den Ecken!«

Der Tierpfleger streifte sich lange, schwere Lederhandschuhe über. Als er vorsichtig den großen Blumentopf Zentimeter um Zentimeter von der Wand abrückte, traten ihm Schweißperlen auf die Stirn. Doch dann zog er ihn mit einem Ruck ganz beiseite, richtete sich auf und atmete erleichtert durch. »Hier ist sie nicht!«

»Da war sie aber!«, verteidigte sich die alte Dame.

»Daran zweifelt keiner mehr!«, beruhigte Lothar sie schnell. »Uns liegt nämlich noch ein ähnlicher Fall vor, zwar nicht mit einer Schlange, aber mit einer Vogelspinne ...«

»Was? Hier im Haus?«

»Es gibt eine gewisse Verbindung«, wich Lothar aus. »Könnten Sie uns die Wohnung von Frau Siebert zeigen? Die wohnt doch hier?«

Die Karawane wand sich wieder zwei Treppen abwärts, wo Frau Behnke auf ein unauffälliges Türschild deutete. »Gunda Siebert! Ist ‘ne nette, fleißige Deern! Beruflich viel unterwegs!«

In diesem Augenblick teilten sich auf ihrem Treppenabsatz die Flügel der Fahrstuhltür und Gunda Siebert, einen kleinen Koffer in der Hand, blickte verwundert auf die Versammlung vor ihrer Wohnung.

»Was ist denn ...« Plötzlich erkannte sie die Polizisten. »Herr Krüger, Herr Caspersen! Ist etwa schon wieder was mit meinem Auto?«

»Ich wollte mich bei Ihnen entschuldigen, Frau Siebert!«, preschte Philip vor. »Wir haben die Spinne in Ihrem Auto gefunden, die Sie so erschreckt hat. Sie konnten wirklich nichts für den Unfall!«

»Was für ein Unfall?« Die Behnke war ganz Ohr.

Gunda Siebert lächelte, ebenso erfreut wie ungläubig. »Und deswegen stehen Sie hier alle?«

»Es war eine dicke, fette Vogelspinne, Frau Siebert!«, berichtete Lothar.

»Normalgewichtig!«, korrigierte der Tierpfleger penibel.

Lothar ignorierte die Belehrung. Ihm ging plötzlich etwas ganz anderes durch den Kopf. »Wo parkt Ihr Wagen meistens?«

»Meistens hier vor dem Haus! Ich benutze ihn eigentlich nicht sehr oft ...«

»Meistens verleiht sie ihn, die gute Seele!«, krähte Frau Behnke eifrig dazwischen. »An Michi Kunze, diesen verkommenen Bummelanten!«

Lothar fühlte einen leichten Stich von Eifersucht. Gunda Siebert spürte instinktiv, was den Polizisten umtrieb, und musste lächeln. Der war süß!

»Das ist nur ein Nachbar hier aus dem Haus! Er hat nicht viel Geld ...«

»Weil er nicht arbeitet, die faule Socke!«, kartete die Behnke nach.

»... und muss manchmal was transportieren! Dann bittet er mich meist um den Wagen.«

»Was transportiert dieser Kunze denn für gewöhnlich?«, erkundigte sich Caspersen misstrauisch.

Frau Siebert schüttelte ratlos den Kopf. »Das weiß ich eigentlich gar nicht!«

»Dann sollten wir ihn mal dringend danach fragen!«, entschied Lothar Krüger entschlossen.

Ein paar Stockwerke höher quoll die bunte Gesellschaft aus dem Fahrstuhl und nahm Aufstellung vor Kunzes Wohnungstür, doch Krügers wiederholt forsches Klingeln verhallte ohne Wirkung.

»Keiner zu Hause«, brummte Lothar und schnüffelte beunruhigt. »Sagt mal – riecht ihr das auch?«

Die anderen folgten seinem Beispiel, zogen die Nasen kraus und sogen prüfend die Luft ein.

»Eindeutig Tiergeruch!«, diagnostizierte der Mann vom Tierheim.

»Die mach ich platt!«, verkündete Helga Behnke und packte ihren Besen fester.

Lothar und Philip wechselten einen einvernehmlichen Blick. »Aufbrechen!«

Nur Sekunden später brach die Tür aus dem Schloss! Der Tierpfleger starrte entgeistert in den Wohnungsflur hinein, aus dem ihnen eine Wolke zoologischer Ausdünstungen entgegenwaberte.

»Ich ruf Verstärkung. Sofort!«

Wie ein Häuflein Elend kauerte Petra Grothe in dem abgeschabten Polstersessel. Als die Wohnungstür ins Schloss fiel, straffte sie sich etwas und lauerte zum Flur.

Jörn stellte seine Aktentasche hinter den Garderobenständer und hängte seine Jacke an den Haken. »Tagchen!«, rief er seiner Frau munter zu und marschierte gleich durch in die Küche, wo er die Kühlschranktür aufriss. »Keine Leberwurst mehr da?«

»Die Waschmaschine ist kaputt.«

Sie war ihm in die Küche gefolgt und lehnte jetzt im Türrahmen. Er schlug achselzuckend die Kühlschranktür zu.

»Das Ding gehört ja auch längst ins Museum!« Oh Gott, ihr Gesicht. Zerquält. Vergrämt. Und alles seine Schuld. Sein ewiges Elend. Er hatte sie da hineingezogen, wie ein dunkler Strudel, dem auch die stolzeste Yacht nicht entgeht. Alles nur, weil sie gewesen war wie das Licht am Ende des Tunnels! Aber er hatte das Licht ausgelöscht, und nun irrten sie beide in schwarzer Kälte umher ...

»Wir kaufen eine neue. Nächsten Monat.« Jörn schaffte es nicht länger, ihr in die Augen zu sehen.

»Ich war vorhin in der Bank und wollte dich abholen.« Ihre Stimme klang eisern beherrscht.

Es war, als risse vor ihm ein bodenloser Abgrund auf. Wie auf der Straße. Es holte ihn ein. Vorbei.

Sie hing kraftlos im Türrahmen. »So lange schon, Jörn! Und du sagst es nicht ... Bin ich nicht mal mehr gut genug, um mir so was zu sagen?« Sie weinte jetzt lautlos.

Ich bin nicht gut genug, schrie es in ihm. *Ich!* Petra und Lina können nichts dafür! Es ist ungerecht!

Sie sah ihn an, unendlich traurig. »Es geht nicht mehr so weiter, Jörn.«

Nicht mehr weiter. Nur eines noch. Er gab sich einen Ruck, schob Petra entschlossen beiseite und zog im Flur seine Jacke vom Haken.

»Wo gehst du hin?«

Wenn du jetzt gehst, las er den stummen Appell in ihren Augen, wenn du jetzt einfach abhaust ... »Ich hol nur was.«

»Wo gehst du hin?«, schrie sie ihn an und klammerte sich an seiner Jacke fest.

»Zu Leuten, die nicht mal wissen, was sie verloren haben!« Heftig riss er sich von ihr los, war schon im Treppenhaus und eilte die Stufen hinab. Aus seiner Jacke flatterte der Zipfel einer hellen Leinentasche wie ein letzter Gruß.

»Und nun? Willst du überall klingeln und fragen: Entschuldigung, erinnern Sie sich, ob hier mal vor 25 Jahren eine junge Frau ein Zimmer gemietet hatte?« Svenja Menzel nahm einen Schluck von ihrem Milchkaffee und betrachtete skeptisch die Häuserreihen beiderseits der Marckmannstraße.

»Ich glaube, es ist überhaupt nicht so wichtig festzustellen, wo genau sie hier gewohnt hat!«, meinte Dirk Matthies. »Sie hat hier gewohnt, quasi um die Ecke vom

Billhorner Röhrendamm! Die Frage ist: Wie kam Britta van Rijkhoffs Leiche in das Siel?«

»Die Frage ist immer noch: Ist Britta van Rijkhoff überhaupt die Leiche im Siel?«, hielt Svenja dagegen.

Auf dem Rückweg vom Falkenstein hatten sie über Funk einen Einsatz bekommen: Ein Amokfahrer raste über die Elbchaussee in Richtung City, verfolgt von sämtlichen verfügbaren Einsatzfahrzeugen der Umgebung. Der Bursche schaffte es bis in die Kurve des Wallringtunnels hinein, aber nicht mehr hinaus. Die Feuerwehr schnitt ihn wundersamerweise fast unverletzt aus dem Schrotthaufen, der einmal Papis stolzer Siebener-BMW gewesen war. Ein siebzehnjähriges Kerlchen. Sturzbetrunken. Am helllichten Tag. Anschließend hatten sie den 14/2 für eine Kaffeepause ausgemeldet. Und weil es von hier nicht so weit war bis Rothenburgsort, hatte Dirk vorgeschlagen, einen Blick auf die letzte bekannte Adresse Britta van Rijkhoffs zu werfen.

»Sie hat hier gewohnt, und dann ist sie verschwunden«, rekapitulierte Dirk nachdenklich. »Ab November 1977 hat sie ihr Konto nicht mehr angerührt. Ihr Konto bei der Hansekasse ...« Er nahm ihre beiden geleerten Kaffeetassen und brachte sie der älteren Dame, die hinter dem Tresen die Kunden ihres kleinen Imbisses bediente. Sie bedankte sich freundlich.

»Bitte«, sprach Dirk sie an, »können Sie mir sagen, wo hier die nächste Filiale der Hansekasse ist?«

»Ausschläger Allee! Immer geradeaus Richtung Tiefstack! Ist aber eine ganze Ecke zu Fuß!« Sie seufzte. »Früher war das einfacher. Da brauchte man nur einmal um den Block! Jetzt wird hier alles dichtgemacht! Denkt ja kein Mensch an die alten Leute, die nicht mehr so weit krauchen können!«

Dirk horchte auf. »Die Hansekasse war hier in der Nähe?«

Die Bedienung stemmte die Arme in die stämmigen Hüften. »Bis vor ein paar Monaten! Dann haben sie alles abgerissen – so 'nen alten Kasten aus den Fünfzigern! Na ja – was da jetzt hinkommt, wird sicher auch nicht schöner, und –«

»Die Baustelle am Billhorner Röhrendamm?«, unterbrach Dirk ihren Redeschwall. »Da war die Hansekasse?«

»Sag ich doch! Wo neulich der Bus durch die Straße gekracht ist! Wenn ich bedenke, wie oft ich da vorher schon längsgegangen bin – wenn ich da nun reingefallen wäre!«

Dirk deutete todernst eine Verbeugung an. »Sie hätten mir sehr gefehlt.«

Sie hatten alle Fenster aufgerissen. Trotzdem fühlte sich Lothar Krüger wie im Raubtierkäfig – jedenfalls was die Luft betraf, die sie in der kleinen Wohnung umwehte. Die Mitarbeiter des Tierheims trugen gerade die letzten Käfige mit Schlangen, Spinnen und anderen exotischen Geschöpfen hinaus, vorbei an Helga Behnke, die im Treppenhaus lauerte und sich keine der Kreaturen entgehen ließ – das war besser als Hagenbeck, und alles gratis! Kornnattern, Ochsenfrösche und die paraguayanische Dickschwanzbeutelratte hatte sie noch mit Argwohn betrachtet. Aber ein verhutzeltes Kugelgürteltier schloss sie spontan ins Herz. »Gott, wie nüdelich! Wie mein seliger Oller – hübsch rund und keine Haare!« Und schon kochte sie in heiligem Zorn: »Kunze, dieser Tierquäler! Der sollte sich was schämen!«

Philip Caspersen durchstöberte die Papiere, die in wirren Stapeln auf einem kleinen Schreibtisch herumlagen.

»Kunze betreibt einen schwungvollen Handel mit den Viechern! Das sind alles Rechnungen und Bestellungen. Und hier – lauter Termine von einschlägigen Veranstaltungen!«

Lothar überflog die bunten Werbezettel. Tierbörsen und Tauschtreffs quer durch die Republik. Kein Wunder, dass Kunze öfters ein Auto gebraucht hatte! Und bei so einem Transport musste diese grässliche Vogelspinne entkommen sein und sich in Gunda Sieberts Wagen eingenistet haben. Die Käfige, in denen die Tiere hier von Kunze gehalten wurden, sahen allesamt ohnehin nicht sonderlich stabil aus ...

Gunda Siebert hatte ihren Koffer weggebracht und sich etwas frisch gemacht. Jetzt kam sie zurück und sah sich kopfschüttelnd in dem chaotisch voll gestopften Wohnzimmer um.

»Ihren Wagen habe ich leider nicht mitgebracht«, tastete sich Lothar an sie heran. »Der steht noch bei uns vor der Wache! Heil ist er aber schon.«

»Sogar gewaschen!«, pries Philip seinen Kollegen. »Picobello!«

Sie lächelte erfreut. »Bleibt es bei unserer Verabredung, Herr Krüger?«

Lothar nickte strahlend, und sie wandte sich zur Tür. »Dann bis nachher!« Plötzlich blieb sie erschrocken stehen und wies ins Treppenhaus: »Da ist er!«

Eben trat ein Mann mit fettigen Haaren und einer speckigen Lederjacke aus dem Fahrstuhl, erstarrte angesichts der aufgebrochenen Wohnungstür und wandte sich panisch zur Flucht, als die beiden Polizisten an Gunda Siebert vorbeistürmten und auf ihn losgingen! Bevor Lothar und Philip zupacken konnten, hetzte Kunze schon ein Stockwerk tiefer die Treppe hinab. Philip wollte ihm folgen – da hielt Lothar ihn zurück und lauschte: ein gellender Schrei, ein polternder Sturz, ein dumpfer Aufprall – dann Stille ...

Weiter unten erschien plötzlich Helga Behnkes stahlblaugraue Dauerwelle überm Treppengeländer, aus ihrer Faust ragte ein abgebrochener Besenstiel.

»Jetzt isser rund!«, verkündete sie befriedigt. »Wie das arme Schwein von Gürteltier!«

Dirk lenkte den 14/2 auf den Hinterhof des 14. Reviers und stellte den Motor ab. »Eine Bank, Svenja! Mit Tresorraum, Schließfächern und allem, was dazugehört! Und gleich daneben ein schön breiter Stollen – ein ausgedientes Siel, das alle längst vergessen haben!«

Svenja nagte zweifelnd an ihrer Unterlippe. Nichts gegen Dirks Instinkte – die hatte sie während der kurzen Zeit ihrer Zusammenarbeit bereits schätzen gelernt. Aber dass die Tote aus dem Siel in einen Bankraub verwickelt sein sollte, mochte sie einfach nicht glauben. »Das haut nicht hin, Dirk! Entweder wären dann Profis am Werk gewesen: Die hätten das Ding durchgezogen und wären nicht bloß im Siel herumspaziert! Mit Sicherheit hätten die keine Leiche am Tatort zurückgelassen! Und Amateure ...« Sie schüttelte den Kopf. »Die müssten schon exakt geplant haben, wo man buddeln muss, um an der richtigen Stelle in die Bank zu steigen. Da brauchst du Infos über Grundrisse, Alarmschaltungen und so weiter! Wer sich so was beschafft, ist kein Amateur, sondern Profi! Und Profis, na, das hatten wir ja schon!«

Dirk starrte vor sich hin. Da war durchaus was dran. Wenn Svenja etwas sagte, war meistens was dran. So gut kannte er sie längst. Seufzend öffnete er die Wagentür.

Revierchef Bernd Voss empfing die Besatzung des

14/2 mit hochgezogenen Brauen. »Wie war die Rallye im Wallringtunnel?«

»Die Guten haben gewonnen, wie immer!«, griente Dirk.

Voss grinste zurück. »Wäre das so, wären wir überflüssig!« Sein Schmunzeln verflog schnell, und ernst kam er zur Sache. »Ihr wart ganz schön lange ausgemeldet zur Kaffeepause. Was habt ihr denn da gemacht in Rothenburgsort?«

Dirk und Svenja wechselten einen schnellen Blick. Dem Alten entging aber auch gar nichts!

Voss tippte Dirk ermahnend auf die Schulter. »Mit Verkehr Regeln vor der kaputten Straße sind wir erst nächste Woche dran! Und die Sache mit dem Skelett – das bleibt der Kripo überlassen, in Ordnung?«

Dirk nickte ergeben.

»Gut!«, bekräftigte Voss zufrieden. »Dann wünsch ich noch einen schönen Feierabend!« Er stapfte schweren Schrittes davon, drehte sich aber noch einmal um. »Ach ja – der Manager von dieser Sängerin hat ein paar Mal für dich angerufen, Dirk! Ob du nicht vielleicht doch in diesem Video auftreten willst!«

Dirk tippte sich viel sagend an die Stirn, und der Revierchef verschwand schmunzelnd in seinem Büro.

»Was war das noch im Mittelteil?«, tat Svenja begriffsstutzig.

»Wir sollen Feierabend machen!«, erwiderte Dirk, und sie grinsten sich einvernehmlich an. Zum Glück haben wir morgen Spätschicht, überlegte die junge Polizistin und schlug spontan vor: »Wenn du mich morgen eine halbe Stunde eher zur Arbeit abholst, gibt's vorher bei mir ein kleines Frühstück! Okay?«

»Geritzt!«, freute sich ihr Kollege.

»Erdbeere oder Johannisbeere?«, erkundigte sie sich.

Dirk zog ein langes Gesicht. »Keine Mettwurst? Morgens nur so backsige Marmeladenbrötchen, da kannst du für mich gleich die Polizei rufen! Da randalier ich auf der Stelle!«

Sie knuffte ihn lachend in die Rippen. »Na gut – für dich hol ich sogar 'ne fiese Mettwurst!«

Eine Viertelstunde später war die Wechselschicht komplett. Lothar Krüger war nur kurz aufgetaucht, um Gunda Sieberts Wagen abzuholen und sich anschließend vor seinem Rendezvous noch zu Hause eine Doppeldosis seines bevorzugten Herzensbrecher-Aftershaves zu verpassen. Philip Caspersen hatte sich auf sein Fahrrad geschwungen, um die Elbfähre ins Alte Land zu erreichen. Harry und Henning fingen ihren verdeckten Einsatz erst später an, Bernd Voss wollte auf dem Heimweg einen Abstecher nach Neumühlen machen, zu seinem Segelboot. Dirk hatte sich von Svenja verabschiedet und war in seinem Heckflossen-Oldtimer vom Hof gerollt.

Svenja trödelte beim Umziehen vor sich hin, schloss die letzten Blusenknöpfe, überprüfte ihre Frisur im Spiegel und verweilte auf ihrem Gesicht. Etwas schmal. Gesunde Farbe. Jung. Der alte Lornsen fiel ihr ein. Dem ging's bestimmt mies. Sie erinnerte sich an seine heiße Stirn, den röchelnden Atem ...

Kurz entschlossen ging sie hinüber in den Dienstraum, zum Schreibtisch. Aus einem kleinen Notizbuch suchte sie die Nummer des Altenheims »Rosengarten« heraus, rief an und ließ sich mit Frau Rathjens verbinden.

»Frau Menzel? Die Polizistin?«, staunte die Altenpflegerin. »Wissen Sie was? Ich sitze hier seit fünf Minuten und überlege, ob ich Sie anrufen soll!«

»Wieso?«, erkundigte sich Svenja besorgt. »Wie geht es Herrn Lornsen?«

»Nicht gut. Der Arzt sagt, es geht zu Ende. Vielleicht sogar noch heute. Deshalb wollte ich Sie auch anrufen, weil ...« Sie zögerte.

»Ja?«

»Er schläft die ganze Zeit. Aber vorhin war er ein paar Minuten ganz bei sich, klar wie lange nicht – und da hat er nach Ihnen gefragt!«

»Nach mir?«

»Leise, aber deutlich: Svenja Menzel. Die Polizistin. Und ob Sie noch mal kommen.«

Svenja überlegte nicht lange. »Ich bin gleich bei Ihnen!«

»Heini und Erika liegen tot auf dem Boden! Der Teppich unter ihnen ist nass ...«

»Schwall mich nicht voll mit diesem Blödsinn!«, fuhr Hariklia Möller ihren Partner barsch an. »Glaubst du, ich schieb da drinnen Langeweile?«

Super drauf heute, die Kleine!, dachte Henning Schulz. Andererseits war das ja gut zu verstehen. Er hätte auch keine Lust auf ihren Job bei den Fischen. Nicht, dass es für ihn besonders angenehm wäre, eine weitere kalte Frühjahrsnacht fröstelnd im Auto zu verbringen, aber trotzdem – immer noch besser ...

Er lenkte das zivile Dienstfahrzeug an den Straßenrand und hielt in Sichtweite der Firma Jansen, Schuppentiere en gros. Papi bringt Mami zur Arbeit. Wie ein altes Ehepaar. Wenn man die niedliche Harry so betrachtete, hatte der Gedanke etwas für sich, überlegte Henning. Allerdings nicht, wenn sie so verkniffen guckte wie jetzt. »Hast du wenigstens ein paar Stunden länger gepennt als gestern?«, erkundigte er sich mitfühlend.

Sie nickte grimmig, raffte ihren Mantel zusammen, stieg aus dem Wagen und ging auf die Einfahrt des Fischgroßhandels zu. Plötzlich drehte sie sich noch einmal um, schenkte ihrem Kollegen ein strahlendes Lachen, hauchte ihm einen Kuss hinüber – weg war sie.

»Verrücktes Weib!«, murmelte Henning und grinste. Irgendwie war ihm gleich viel wärmer als eben noch.

»There are places I remember all my life, though some have changed. Some forever, not for better, some have gone and some remain ...«

Dirk ging hinüber zu seiner Anlage und stellte die Musik ab. Die Beatles passten eigentlich immer, doch heute Abend störte ihn einfach alles. Und dass sich die Dinge laufend änderten, das musste ihm nicht erst Old Paul McCartney sagen. Er brauchte nur aus dem Fenster seiner Wohnung in der Großen Elbstraße zu sehen, wo die altvertraute Szenerie aus Industrieruinen, schmuddeligen Kneipen und Großstadtindianer-Nischen der Abrissbirne wich – zugunsten eines Ensembles glatt polierter Neubauten. Der Lauf der Dinge. Gebäude wurden eingerissen und wieder aufgebaut. Wo man sich gestern noch auf sicherem Boden wähnte, stürzte man morgen in ein Loch. Menschen wurden geboren, Menschen starben. Aber im blühendsten Alter in einem Abwasserkanal zu verrecken sprengte den Rahmen jeder Normalität.

Gedankenverloren legte Dirk die CD wieder in die Hülle und stellte sie zurück ins Regal. Eine Bank und ein komfortabler Stollen, beides unmittelbar nebeneinander. Wenn die Tote zu einer Gruppe Bankräuber gehört hatte, in der plötzlich Streit ausgebrochen war?

Allmählich tickst du nicht mehr richtig, Matthies!, rief er sich selbst zur Ordnung. Bei Streit zwischen Kriminellen setzt es eine Kugel in den Kopf oder einen Stich ins Herz, aber Enthauptung und Zerquetschung ist da wohl kaum die übliche Abmurksmethode ...

Das Läuten des Telefons unterbrach seine Grübeleien. Er nahm ab und hörte zunächst nur Schluchzen, bevor sich die Anruferin meldete.

»Hallo, Dirk ...«

»Petra?«

Sie war es. Todunglücklich und verängstigt. »Es ist was passiert, Dirk.« Und dann berichtete sie, wie sie nach Dirks Besuch neuen Mut geschöpft hatte. Dass in der Beziehung zu ihrem Mann alles besser würde, wenn sie die Initiative ergriff – so wie früher, als sie ihm noch jeden Weltschmerz weglachen konnte. »Ich wollte ihn von der Arbeit abholen, und da haben mich alle angeguckt wie eine Irre: Jörn ist schon vor Monaten entlassen worden! Gott, war das peinlich ...«

Das musste ja so kommen, stöhnte Dirk innerlich. Irgendwann platzt jede Blase.

»Ich weiß ja, dass das für Jörn auch furchtbar ist! Und irgendwie ...« Sie atmete resigniert durch. »Vielleicht könnten wir ja trotzdem alles hinkriegen. Aber vorhin – ich wollte ihn zur Rede stellen, aber er ist weggelaufen! Ich mach mir Sorgen, Dirk!«

»Wahrscheinlich sitzt er wieder in dieser Kneipe!«, versuchte Dirk sie zu beruhigen.

»Da war ich schon. Er sah so ... so wild entschlossen aus, Dirk! So kenne ich ihn gar nicht! Ich hol nur was, hat er gesagt! Aber ich hab Angst, er macht eine Riesendummheit! Vielleicht tut er sich was an! Ich hab eine Scheißangst ...« Sie schluchzte verzweifelt.

»Hat er denn gar keine Andeutung gemacht, wohin er wollte?«

Mühsam unterdrückte sie ihr Weinen. »Doch. Aber ich kann nichts damit anfangen. Er sagte, er wolle zu Leuten, die nicht mal wissen, was sie verloren haben! Ich weiß nicht, wer das sein soll!«

Leute, die nicht wissen, was sie verloren haben ... Dirk war ratlos. »Dazu fällt mir so auf Anhieb auch nichts ein, Petra! Bleib bei deiner Tochter und am Telefon. Falls Jörn wieder auftaucht, rufst du mich auf dem Handy an. Ich sehe mich mal in ein paar Kneipen um! Okay?«

»Danke, Dirk!« Das klang schon eine Spur leichter.

Dirk wollte schon auflegen, da fiel ihm plötzlich etwas ein. »Petra? Sag mal, bei welcher Bank hat Jörn eigentlich gearbeitet?«

»Bei der Hansekasse«, kam prompt ihre Antwort. »In Altona, Max-Brauer-Allee.«

»Und früher?«, bohrte Dirk nach. »Als ihr euch kennen gelernt habt?«

»Er war seit 1975 bei der Hansekasse. Damals in der Filiale Billhorner Röhrendamm. Ist das irgendwie wichtig?«

Grelles Neonlicht spiegelte sich in einer langen Reihe metallener Tische, ließ scharfe Klingen aufblitzen und schuppige Panzer glänzen. In Plastikwannen und Styroporkästen schmolz dampfend Eis auf schnappenden Kiemen. Hier krümmte sich noch ein Leib, dort schlug noch eine Flosse in letztem Aufbegehren.

Über die Tische gebeugt standen die Arbeiterinnen in ihren blutig verschmierten Kitteln und ließen die Messer im Akkord tanzen: Kopf ab, Schwanz ab, aufschlitzen ...

Harry versuchte ebenso verbissen wie vergeblich, ein

besonders glitschiges Fischexemplar auf dem blanken Stahl zu fixieren. »Verdammt – wie schafft ihr das alle so schnell?«, stöhnte sie mit einem schnellen Seitenblick auf die gutmütige Kollegin Luisa, die neben ihr in einem Wahnsinnstempo Flossentiere zerlegte.

Luisas rundes Gesicht lächelte die verzweifelte Zivilfahnderin freundlich an, ohne dass ihre rastlosen Hände dabei ihre blutige Arbeit unterbrachen. »Ganz einfach, Chica! Wir stellen uns vor: Der Fisch ist der Chef!«

Zack! trennte ihr blitzendes Messer sauber den Kopf von Harrys widerspenstigem Glitschfisch ab – beide Frauen blickten verschwörerisch grinsend nach hinten, wo in einem kleinen, durch eine große Scheibe abgeteilten Büro Günther Jansen hinter seinem Schreibtisch zu sehen war. Gestern Nacht hatte er dort ganz ruhig ein paar Stunden gesessen und still gearbeitet. Heute hatte er hektisch telefoniert, war öfters aus seinem Büro in die hinteren Räume gelaufen und wirkte ausgesprochen nervös. Gerade redete er wild gestikulierend auf einen stämmigen Mann ein, dessen kantiger Schädel unter dem kurz geschorenen Haar aussah wie ein glattes Stück Granit.

»Das ist Igor«, erklärte Luisa. »Kommt alle zwei Wochen mit seinem Lastwagen aus Sankt Petersburg!«

»Sieht aus, als machte er den Chef ganz schön nervös!«, meinte Harry.

Luisa wandte sich wieder ihrer Arbeit zu und versetzte mit routiniertem Schlag einem zappelnden Leib den Gnadenstoß.

»So ein Mensch macht jeden nervös«, hörte Harry die Kollegin dabei murmeln. Ein Lieferant. Maria Fernandez war mit ihrer Schnapsflasche von einem Lieferanten ertappt worden, der sie angeblich mit einer Pistole bedroht hatte! Der Granitschädel da hinten bei Jansen sah so aus, als könnte man ihm dergleichen durchaus zutrauen!

Plötzlich kreuzte sich der Blick des wie gelangweilt dastehenden Lieferanten mit dem ihren. Harry sah einen Moment lang in blasse, eiskalte Augen. Dann wandte sie sich abrupt ab und klatschte sich den nächsten Fisch auf die Arbeitsplatte, dessen totes Auge sie vorwurfsvoll anstarrte. Mit wesentlich mehr Gefühl als dieser Igor, wie Harry einräumen musste. Ihre Gedanken arbeiteten fieberhaft ...

Henning Schulz streckte sich, improvisierte ein paar halbe Liegestütze auf der Motorhaube und schlenderte einige Schritte vom Wagen weg. Nichts los. Ein paar Lastwagen waren noch die Straße entlanggerollt, einige davon auch zur Firma Jansen abgebogen. Ein Däne war dabei gewesen und ein Russe, beide mit Werbebildchen fröhlicher Fische auf den Containern. Bei seinem Schlachter stand auch immer ein heiteres Gummischweinchen zwischen den Koteletts. Ein trauriges Schweinchen würde das Geschäft ja auch vermiesen. Henning stellte sich eine Horde empört grunzender Säue vor dem Schlachterladen vor, Schilder schwenkend: »Wo sind meine Ferkel?«

Kann ich genau sagen, dachte Henning. Eins hatten sie neulich bei der Hochzeit eines ehemaligen Kollegen vertilgt, Spanferkel, goldbraun und knusprig. Könnte ich jetzt gut ab. Vorhin war er noch so auf Nachtschlaf gepolt gewesen, dass ihm überhaupt nicht der Gedanke gekommen war, etwas zu essen mitzunehmen. Jetzt fühlte er in sich nagenden Hunger nahen. Und hier, in dieser Industriebrache am Schwedenkai, gab's natürlich weder offene Läden noch Kneipen. Schon gar nicht zu dieser Uhrzeit. Aber den Posten zu verlassen war auch nicht drin. Harry verließ sich auf ihn. Henning seufzte. Harry hatte es gut. Die bekam zwischendurch bestimmt wenigstens ein leckeres Fischbrötchen!

Die Lammfilets waren ein Gedicht gewesen, die Kartoffeln in Olivenöl angebraten und mit Rosmarin bestreut. Kochen konnte die Frau also auch noch! Lothar Krüger fühlte sich wie im siebten Himmel, als er sich satt im Stuhl zurücklehnte.

»Es hat einfach fabelhaft geschmeckt, Frau Siebert!«

Sie lächelte erfreut. »Das war ja das Mindeste, was ich für Sie nach Ihrem ganzen Einsatz für mich tun konnte!«

Stimmt, schmachtete Lothar, mir fiele da auch noch viel mehr ein …

Gunda Siebert schenkte ihm noch etwas Wein nach. »Bei Ihnen habe ich gleich gespürt, dass man Ihnen vertrauen kann!«

Genau, dachte Lothar, vertraue mir!

Sie runzelte leicht die Stirn. »Obwohl, sehr stolz kann ich auf meine Menschenkenntnis ja nicht sein wenn man bedenkt, wie glatt ich auf diesen Michi Kunze reingefallen bin! Hat er sich schon wieder berappelt?«

»Nur Prellungen und eine Gehirnerschütterung, haben die im Krankenhaus gesagt«, berichtete Lothar kurz. Über Kunze wollte er jetzt eigentlich überhaupt nicht sprechen. Lieber über dieses Pochen in seinem Herzen. Dieses Ziehen in der Magengrube, wenn sie ihr niedliches Köpfchen so neckisch schräg legte und ihn aus ihren schönen Augen ansah. Alles andere war gar nicht wichtig! Aber wie sagte man das bloß? Lothar war ja nicht zum ersten Mal verknallt. Das Blöde war nur: Er fühlte sich jedes Mal völlig hilflos.

Nett, aber ein bisschen einsilbig, dachte Gunda Siebert und bemühte sich weiter um flüssige Konversation. »Hoffentlich haben die vom Tierheim auch alle Spinnen und Schlangen erwischt!« Sie blickte sich ein wenig ängstlich um.

»Bestimmt«, erwiderte Lothar lahm. Das lief nicht richtig. Sag was! Tu was! Sei charmant und witzig! Ihm brach der Schweiß aus.

Instinktiv registrierte Gunda Siebert die Nervosität ihres Gastes. Sollte er etwa ... »Ihnen waren diese Monster auch unheimlich, nicht wahr?«

»Nö«, behauptete Lothar. Sei witzig, du Trottel! Mann, ist mir plötzlich heiß ...

Frau Siebert sah beunruhigt, wie der nette Polizist hochrot anlief und verstohlen an seinem obersten Kragenknopf nestelte. Da hatte sie sich wohl schon wieder getäuscht. Von wegen, ein Mann zum Anlehnen! Ein Angsthase ist das! Wenn jetzt eine Schlange aus dem Sofa kriecht, läuft der eher weg als ich, überlegte sie. »Ich glaube, ich bleibe hier nicht über Nacht! Ich fahr zu meiner Freundin.«

»Ach! Bitte! Nein – Frau Siebert ...« Lothar hielt es nicht mehr auf dem Stuhl. Wenn sie zu ihrer Freundin fuhr, war alles gelaufen – sonnenklar! Er musste endlich ... musste endlich ...

Sie legte ihr Köpfchen schräg und musterte ihn abwartend. »Ja?«

»Ich muss mal«, platzte es aus Lothar heraus. Schon im selben Moment wäre er am liebsten höllentief im Erdboden versunken.

»Im Flur, erste Tür links!«, erwiderte sie, ohne mit der Wimper zu zucken. Innerlich fassungslos beobachtete sie, wie ihr Gast hektisch aus dem Wohnzimmer eilte.

Lothar ließ sich kaltes Wasser übers Gesicht laufen, dann hypnotisierte er sich im Spiegel. Du Supertrottel! Jetzt war alles aus. Am liebsten würde er aus dem Fenster steigen und auf Nimmerwiedersehen verschwinden! Ging bloß schlecht im fünften Stock. Wie kann man nur so blöd sein! Da interessiert sich mal eine hübsche Frau für dich, und du benimmst dich dämlicher denn je. Lothar schüttelte verzweifelt den Kopf und wandte sich ab. Jetzt musste er da durch, irgendwie, bis zum bitteren Ende.

Er wollte eben das Badezimmer wieder verlassen, da fiel ihm ein, dass er eigentlich auch gleich noch pinkeln könnte, wenn er schon mal an Ort und Stelle war. Außerdem würde Gunda Siebert ihn endgültig für durchgeknallt halten, wenn man nach seiner großartigen Ankündigung nicht mal die Klospülung rauschen hörte ...

Am besten spül ich mich gleich selber runter, dachte Lothar bitter, schlug den Deckel hoch und sprang entsetzt zurück: In der weißen Porzellanschüssel räkelte sich träge eine armlange, giftgrüne Schlange! Gebannt sah der Polizist, wie das Reptil den schlanken Leib jetzt aufrichtete, mit dem Kopf über den Rand des Klosetts glitt und seinen Ruhestörer giftig zischend anzüngelte – da plötzlich überwand Lothar seine Starre, sprang nach vorn und knallte den Deckel wie eine Guillotine auf den Nacken der Kreatur! Es knackte widerlich, dann sank das Schlangenhaupt mit einem letzten Zischen schlaff herab ...

»Herr Krüger?«

Erst jetzt registrierte Lothar das heftige Klopfen an der Badezimmertür. Er öffnete sie, ohne den Blick von der Schlange zu wenden.

»Herr Krüger! Ist alles in Ordnung mit –« Gunda Siebert entdeckte das leblose Reptil, schrie entsetzt auf und klammerte sich instinktiv eng an den Polizisten. »Mein Gott!«

Vorsichtig, ganz vorsichtig legte Lothar seinen Arm um ihre Schultern. »Mir war plötzlich was eingefallen: Ich hab mal gelesen, dass sich Schlangen gerne in Kloschüsseln verstecken – wegen dem Wasser!«, log er schamlos. »Ich dachte, ich seh lieber mal schnell nach! Wollte Sie nicht beunruhigen, Frau Siebert ...«

»Gunda. Ich heiße Gunda.« Sie strahlte ihn an. »Mein Held!«

Ein verliebtes Pärchen ging eng umschlugen über den Parkplatz und weiter hinunter zum Fähranleger. Über den Alsterwiesen spannte sich ein sternenklarer Himmel. Dirk saß bei heruntergekurbelten Seitenscheiben in seinem Oldtimer und ließ sich die kühle Nachtluft um die Nase wehen. Zum Nachdenken war ein Platz am Wasser immer gut, und zur Not tat es auch der Parkplatz Fährdamm zwischen Harvestehude und Außenalster.

Er hatte auf gut Glück ein paar Kneipen abgeklappert, potenzielle Anlaufstellen für Gescheiterte, Verzweifelte und Frustrierte – Orte, an denen das heulende Elend garantiert nicht mit süßen Worten und lauwarmem Mitleid therapiert wurde, sondern mit scharfen Schnäpsen, die wie eine Feuersbrunst durchs Bewusstsein fegten, bis jegliches Gefühl ausgelöscht war. Jörn Grothe war nicht unter den Gästen gewesen. Dirk hatte eigentlich auch nicht ernsthaft damit gerechnet, ihn dort zu finden. Jörn wollte angeblich zu Leuten, die nicht wussten, was sie verloren hatten. Die Säufer in den Kneipen wussten alle genau, was sie verloren hatten. Deswegen soffen sie ja.

Jörn Grothe, der Rosenkavalier. Der Ex-Banker mit dem Dauerblues. Was hatte er neulich getönt, bevor er sein Glas durch die Kneipe pfefferte? »Das Proletariat wird systematisch ausgebeutet!« Nieder mit der Weltordnung, es lebe das Chaos. Das waren so die Sprüche Britta van Rijkhoffs, wenn man ihrer Ex-Mitschülerin und Stiefmutter Gabi Glauben schenken durfte. Britta und Jörn. Die Salon-Revoluzzerin und der kleine Bankangestellte. Gab es da wirklich eine Verbindung? Grothe hatte in der Filiale gearbeitet, die in der Nähe von Brittas Wohnung lag. In der ihr Konto geführt wurde. Neben der man ihr mutmaßliches Skelett in einem Siel fand. Über dem besagter Grothe vor Tagen eine langstielige Rose in einem Gully versenkt hatte. Letzter Gruß vom Mörder, Jahrzehnte danach?

Bleib auf dem Boden, schalt sich Dirk, aber seine Gedanken arbeiteten unermüdlich weiter. Mal angenommen, diese Rose wäre tatsächlich ein Gruß für die Tote gewesen – dann hieße das, die Tote im Siel bedeutete Jörn Grothe unendlich viel. Während andere Leute kaum etwas schrecklicher zu finden schienen, als Britta van Rijkhoff leibhaftig auferstehen zu sehen.

Plötzlich ahnte Dirk, wo er Grothe finden würde.

Auf dem Flur quietschte ein Rollstuhl. Durch das geschlossene Fenster hörte man gedämpften Verkehrslärm, aber das war da draußen. In einer anderen Welt. Hier drinnen im Zimmer gab es nur Stille, durchbrochen von den Geräuschen eines Menschen, der um jeden Atemzug schwer ringen musste.

Svenja Menzel saß auf einem harten Besucherstuhl neben dem Bett Herbert Lornsens. Schon stundenlang, wie es ihr schien. Der Alte hatte sich kaum gerührt und nicht einmal die Augen aufgeschlagen. Vielleicht war es idiotisch, hierher zu fahren, überlegte die Polizistin. Vielleicht schlief er sich noch mal gesund. Vielleicht ...

»Hallo ...«

Lornsen schien seine fiebrig glänzenden Augen schon etwas länger auf sie gerichtet zu haben. »Hallo«, grüßte sie verlegen zurück. »Wie geht es Ihnen, Herr Lornsen?«

»Wasser ...«

Sie nahm die Schnabeltasse von seinem Beistelltisch, hob mit der freien Hand seinen verschwitzten Kopf etwas an und setzte ihm das Gefäß an die trockenen Lippen. Während er vorsichtig schluckte, ließ er sie nicht aus den Augen. Dann setzte der Alte ab, legte sich erschöpft ins Kissen zurück und sammelte sich.

»Die Polizistin? Sven-ja ...« Lornsen dehnte die Silben ihres Namens merkwürdig, als lauschte er ihrem Klang nach.

»Svenja Menzel, richtig.«

»Aus Rothenburgsort.«

Svenja nickte. »Wir haben uns am Billhorner Röhrendamm getroffen! Nummer 126 war Ihre alte Adresse, nicht wahr?«

Über Lornsens Gesicht huschte ein Schatten. »Ja ...«

»Es hat mich interessiert. Ich habe in einem alten Adressbuch nachgeschlagen.« Svenja sah, wie Lornsen das mit dem Anflug eines Lächelns aufnahm. Es war fast unheimlich – er wirkte sehr schwach, aber geistig klarer, als sie ihn bislang erlebt hatte.

»Als Junge. Lange her.«

»Herr Lornsen?« So klar erlebte sie ihn vielleicht nie wieder. Auch auf die Gefahr hin, dass er sich wieder aufregte – sie musste es versuchen. »Wer ist Sanna?«

Er schloss die Augen und lag still. Svenja rechnete

schon gar nicht mehr mit einer Antwort, da kam es schwach über seine Lippen: »Sie ist im Versteck ...«

»Wo? Herr Lornsen?«

»Im Keller ... Alarm! Sie muss versteckt bleiben!« Der Alte riss die Augen plötzlich weit auf und kam mit dem Kopf hoch, blankes Entsetzen im Blick. »Da ist Richard! Er weiß, wo sie ist!« Er sackte wieder zurück. »Alles weg, alles weg ...« Er starrte an die Decke.

»Herr Lornsen?«

Nichts als sein rasselnder Atem, das Luftholen eine einzige Qual. Draußen gedämpfter Verkehrslärm. In einer anderen Welt.

Selbst nachts war der Falkenstein kein Wald wie jeder andere. Aufwändige Illuminationen bestrahlten Zieranlagen, Entrees und Fassaden. Der Letzte macht das Licht aus, dachte Dirk. Hier war eben jeder der Erste.

Es war noch vor Mitternacht. Gut möglich, dass die van Rijkhoffs noch wach waren. Falls nicht, hätte er es wenigstens versucht. Vielleicht irrte er sich ja auch, aber wenn nicht ...

Links und rechts des schmiedeeisernen Tores tauchten zwei kugelförmige Lampen die Einfahrt in fahlgelbes Licht. Dirk stieg aus seinem Wagen und drückte auf den Klingelknopf neben der Gegensprechanlage. Plötzlich ertönte über ihm ein Surren – das Kameraauge nahm ihn ins Visier. Im Lautsprecher rauschte es.

»Hallo?«

Der Alte persönlich, dachte Dirk. Das ist gut. »Herr van Rijkhoff? Entschuldigen Sie die späte Störung. Darf ich Sie kurz sprechen? Es ist wirklich wichtig!«

Im Lautsprecher rauschte es nur. Dann kam die Antwort, etwas zögerlich. »Hat das nicht Zeit bis morgen?«

»Bitte!«, drängte Dirk. »Ich geh hier sonst nicht weg! Sie sind möglicherweise in Gefahr!«

Das Rauschen verstummte. Nichts regte sich. Dirk blieb stehen, wo er war. Dunkler Wald, darüber die Sterne. Alles friedlich – oder? Plötzlich bewegte sich das Tor, die Flügel schwangen auf wie eine stumme Einladung. Dirk stieg in seinen Mercedes-Oldtimer und rollte über die Ahornallee auf die hell erleuchtete Villa zu.

Diesmal empfing ihn der Hausherr persönlich. Rijkhoffs Gesicht war leicht gerötet, die sonst sorgfältig gescheitelte Frisur wirkte etwas zerzaust. A hard days night, dachte Dirk. Vielleicht hat er sich ein paar Drinks genehmigt, so vor dem Kamin.

»Bitte!« Rijkhoff trat beiseite und winkte den Polizisten hinein ins Haus. Dirk nickte dankend und ging an ihm vorbei, als ihn plötzlich die Welle fiebriger Nervosität ansprang, die Rijkhoff ausstrahlte. Der Mann hat Angst!, erkannte er – da traf ihn etwas hart am Hinterkopf und ließ alles erlöschen: die Angst, das Licht und die Erkenntnis, zu spät gekommen zu sein.

In einer Schleimspur aus Blut und Wasser glitt der Fisch aus ihren Fingern, rutschte über den Rand des Tisches und klatschte zu Boden. »Mistvieh!«, knurrte Harry unterdrückt und bückte sich. Wenigstens gab ihr das Missgeschick die Möglichkeit, sich wieder unauffällig nach dem gläsernen Büro umzusehen. Es war leer! Bis vor wenigen Minuten hatten Jansen und der granitschädelige Lieferant dort noch angeregt palavert. Wo waren sie jetzt hin?

Wenn ich die ganze Zeit nur Fische aufschlitze, kriege ich gar nichts mit, überlegte Harry. Falls Jansen ein krummes Ding drehte, dann wohl kaum hier vor den

Augen der versammelten Belegschaft! Hier würde sie gar nichts erfahren, außer, dass es nicht leicht ist, im Akkord Fische zu filetieren. Dafür schlag ich mir nicht die Nacht um die Ohren, beschloss die Zivilfahnderin. Ich muss einfach mehr von der Firma sehen! Sie stand auf, warf den abgestürzten Fisch auf den Tisch zurück und fragte ihre Kollegin Luisa vertraulich: »Ich müsste mal für kleine Meerjungfrauen! Oder ist das etwa nur in der Pause erlaubt?«

Luisa grinste. »Das hätte Jansen wohl gerne! Durch die Tür da hinten und rechts den Gang runter.« Sie wies nach hinten.

Harry steckte ihr Filetiermesser in einen Holzblock und raunte dem glotzenden Fisch zu: »Hasta la vista, Baby!«

Im schwach beleuchteten Gang hinter der Tür wies ein Schild den Weg zu den Toiletten. Harry entschied sich für die entgegengesetzte Richtung und öffnete eine weitere Stahltür. Im Halbdunkel einer langen Lagerhalle erkannte sie endlose Reihen mehrstöckiger Regale, voll gestellt mit bepackten Paletten. Rasch huschte sie durch die Gänge und überflog die gestapelten Waren: Verpackungsmaterial, Konserven, abgepackte Räucherware. Sieht alles ganz normal aus, dachte Harry. An einer Seitenwand entdeckte sie eine weitere Tür, darauf eine Warntafel: »Zutritt verboten«. Natürlich verschlossen, stellte sie enttäuscht fest.

Plötzlich flammte hell das Deckenlicht auf! Schnell sprang Harry zurück in die Deckung der Regale. Hallende Schritte näherten sich, verharrten dann ... Ganz vorsichtig riskierte die Zivilfahnderin einen Blick: Vor der Seitentür mit der Warntafel stand Günther Jansen und sah abwartend zu, wie sich an einer gegenüberliegenden

Wand ein Rolltor öffnete, durch welches jetzt der Petersburger Lieferant eine Sackkarre mit gestapelten Holzkisten bugsierte.

Jansen zückte einen Schlüssel, öffnete die Seitentür, knipste im Raum dahinter ein Licht an und wartete, bis der Lieferant seine Kisten hier abgestellt hatte. »Noch mehr, Igor?«

Der Petersburger wischte sich über die Stirn. »Einmal noch, Chef!«

»Ich helfe dir. Komm!« Jansen peilte kurz nach links und rechts, dann ließ er die Tür hinter sich offen und entfernte sich mit Igor.

Jetzt oder nie!, dachte Harry. Sie huschte aus ihrer Deckung hinüber in den kleinen Lagerraum. Holzkisten, keine Aufschrift, registrierte sie. Und kein Werkzeug zum Öffnen! Sie zerrte mit aller Macht an der Ecke eines Kistendeckels. Vergeblich. Ohne Hebel lief da gar nichts. Oder? Sie spürte, wie einer ihrer Fingernägel abbrach. Keine Zeit für Eitelkeiten! Der Deckel gab nach, ganz allmählich! Mit einem Ruck zerrte sie den Verschluss von der Kiste herunter und ...

»Fisch, uärghh!«

Sie rümpfte die Nase. Goldgelb geräucherte Fischchen, etwa heringsgroß. Na super, stöhnte sie innerlich. Dann überwand sie sich aber doch und wühlte tiefer zwischen den schillernden Schuppenleibern. Was war das? Ihre Hand zog eine kleine runde Dose hervor! Harry hielt sie ins Licht. Die kyrillische Aufschrift konnte sie zwar nicht entziffern, aber ein aufgedrucktes Bild sprach Bände: Kaviar! Und kein Zollsiegel ...

»Was machen Sie da?!«

Harry fuhr herum: Jansen und Igor versperrten ihr den Fluchtweg! Langsam zog der Petersburger eine Pistole aus einem unter der Jacke verborgenen Schulterhalfter. Harry fühlte, wie ihr das Adrenalin in jede Zelle schoss.

»Sie hat zu viel gesehen, Chef ...«

Blitzschnell warf Harry dem Granitschädel die Kaviardose ins Gesicht, flitzte mit raschem Antritt zwischen den beiden Männern hindurch in die Lagerhalle und auf das offene Rolltor zu – die beiden Verfolger sofort auf den Fersen!

Draußen fand sich die Zivilfahnderin auf einer dunklen Laderampe wieder. Gehetzt flog ihr Blick in die Runde: ein kleiner Hof, alles hoch eingezäunt, die Zufahrt von einem Tor versperrt! An der Rampe parkten rücklings einige Lastwagen, alle einsam und verlassen. Da – auf Rampenhöhe stand die Tür eines Anhängers einen Spalt breit offen – gerade weit genug für sie! Keuchend zwängte sie sich hindurch und blieb prompt mit ihrem weiten Kittel an einem Metallriegel hängen. Während sie ihre Verfolger bereits nahen hörte, riss sich Harry energisch los und tauchte im Dunkeln des Containers unter.

Mit gezogener Waffe stolperte Igor auf die Rampe, blieb stehen und sah sich um. »Die ist hier noch irgendwo!«

Jetzt war auch Jansen angekommen. Erschrocken drückte er die Hand mit der Pistole hinunter. »Bist du verrückt, Igor? Das fehlt noch, dass du hier rumballerst!«

Igor grinste plötzlich. »Keine Angst, Chef – ich muss überhaupt nicht ballern!« Er nickte unauffällig in Richtung seines eigenen Lastwagens. Jansen erkannte sofort den leuchtend weißen Kittelfetzen am geöffneten Türriegel ...

Durch den offenen Türspalt sah Harry die beiden Männer auf sich zukommen. Wenn sie bloß ihre Dienstwaffe hätte! Aber die steckte in ihrer Jacke im Umkleideraum. Abschlachten lass ich mich nicht, schwor sie sich tapfer. Gab es hier denn nichts, womit man sich zur Wehr setzen könnte? Fieberhaft sah sie sich um – da krachte es, und um Harry wurde es dunkel: Die Containertür fiel ins Schloss, schon knallten draußen Riegel – sie war gefangen!

Igor steckte grinsend die Waffe weg, Jansen sah ihn unsicher an. »Was machen wir jetzt mit ihr?«

Igor zwinkerte ihm zu, sprang behände von der Rampe, schwang sich in das Führerhaus seines Trucks und startete den Motor im Leerlauf. Dann kehrte er zurück auf die Rampe.

Jansen starrte ihn verständnislos an. »Und jetzt?«

Der Petersburger wies gelassen auf das Dach des Containers, wo die Lamellen eines Kühlapparates leise klappernd vibrierten.

»Was soll das? Willst du die Frau schockfrosten?«

»Hast du eine bessere Idee?«, erkundigte sich Igor sanft, aber mit kaum verhohlenem Spott über das Entsetzen des Großhändlers. »Willst du sie laufen lassen?«

Jansen schwieg betreten. Der Russe hatte ja Recht – es stand eine Menge Geld auf dem Spiel, und vor allem sein guter Ruf ...

Igor klopfte ihm beruhigend auf die Schulter. »Morgen fahre ich den Truck wieder nach Russland. Ich kenne einen großen Wald unterwegs. Eine erfrorene Frau – wer denkt sich was dabei? Ist doch noch furchtbar kalt nachts ...«

Zögernd nickte Jansen. Igor stieß ihn aufmunternd an. »Komm, wir trinken einen Kaffee! Und das hier ist gut für dein Herz.« Er zückte einen silbernen Flachmann. »Wir können jetzt doch nur warten!«

Finster wie die Hölle, dachte Harry. Was haben die mit mir vor? Der Motor lief, aber sie fuhren nicht. Noch nicht. An der Stirnseite des Containers flammte plötzlich ein schwaches Kontrolllicht auf und beleuchtete den Innenraum mit schwachem Dämmerlicht. Wenigstens etwas. Jetzt konnte sie sehen, dass die Ladefläche bis auf ein paar Kistenstapel und einige Styroporwannen mit folienverschweißten Räucherfischen leer war. Harry zog die Schultern hoch und fröstelte. Ganz schön frisch hier. Was ist das für eine Leuchte? Neugierig ging sie hinüber. Auf einem kleinen Schild neben dem Lämpchen stand: »Power Deep Freeze«. Harry stieß erschrocken die Luft aus und sah, wie ihr Atem als kondensierter Nebel durch den Raum flatterte, weiß wie ein Leichentuch.

Die Welt da draußen war nicht seine Welt. In seiner Welt lebte Sanna noch, die Augen blaue Seen, klar und ungebrochen. Unnahbar und doch so unwiderstehlich, dass der Junge den Blick nicht von ihr wenden konnte, wenn er in ihre Nähe kam. Fünf Jahre älter als er, Lichtjahre für einen Vierzehnjährigen. Sanna arbeitete in der Munitionsfabrik und lebte zur Untermiete bei einer Soldatenwitwe in seinem Haus. Wenn er auf der Mauer lag, konnte er ihr Fenster sehen und manchmal auch sie selbst. Sie hatte ihm sogar schon zugelächelt.

Dann kamen sie, um sie zu holen. Sabotage, sie hatte Granatenzünder manipuliert. Sie fanden Flugblätter und warfen ihre Sachen aus dem Fenster. Ihren Mantel. Ihre Blusen. Strümpfe, Schlüpfer und Büstenhalter wehten durch die Straße wie Herbstlaub. Eine Hure, johlten die Nachbarn. Aber Sanna fanden sie nicht.

Er hatte sie gefunden. In einer Brandruine hinter Küvers Backstube. Sie wusste nicht, wohin. Seine Mutter besaß einen kleinen Kellerverschlag, den sie ihm zum Spielen überlassen hatte. Das wurde Sannas Versteck. Er wusste, man könnte die Mutter verhaften. Ihn selbst in ein Lager stecken. Aber dieser Juli 1943 war die glücklichste Zeit seines Lebens. Jedes heimlich abgezweigte Stück Brot ein Abenteuer, noch viel besser, als mit Shatterhand über die Prärie zu reiten. Und Sanna gehörte ihm allein, sprach nur mit ihm, erwartete sehnlichst, seine Schritte und ihr vereinbartes Klopfzeichen zu hören. Er wusste genau, jeder Tag mehr erhöhte die Gefahr ihres Entdecktwerdens, doch von ihm aus hätte dieser Zustand Jahre währen können – er träumte davon, die Schule hinter sich zu bringen und als starker, erwachsener Mann mit Sanna hinaus in die Welt zu ziehen, irgendwohin, wo Granaten, Flugblätter, Blockwarte und Parteispitzel überhaupt keine Rolle spielten.

Es währte nur wenige Tage. Richard lag auf der Lauer, er hatte etwas geahnt. Er verriet sie nicht, aber er stellte Forderungen: einen Schlüssel zum Versteck. Mit Sanna sprechen. Mit ihr allein sein ...

Das war Rijkhoffs Preis. Sie ertrug es bald nicht mehr, wollte nur noch fort. Warte noch, hatte er sie beschworen, warte – ich lass mir etwas einfallen! Nur noch einen Tag! Sie blieb. Nur noch einen Tag.

Kurz vor Mitternacht kam der große Angriff. Er schaffte es in den Bunker, wie seine Mutter, Familie Rijkhoff und andere aus der Straße. Sanna blieb im Verschlag. Es war schon so lange Krieg. Dem Haus war nie etwas passiert. Und sie durfte sich doch nirgendwo blicken lassen!

Es wurde nicht hell am nächsten Tag, sie konnten den

Bunker nicht verlassen. Und als sich die Türen endlich öffneten, war die Welt verschwunden. Nur Trümmer, Leichen – Menschen, zu Asche verbrannt oder als schwarze Blasen im gekochten Asphalt der Straßen klebend ... Das Haus kaum noch zu finden, der Schutt darauf so hoch, dass kein Weg mehr zu ihr führte. Nie wieder. Diese neue Welt war nicht seine Welt, und wurde es nicht mehr.

Von draußen drang kaum noch Verkehrslärm ins Zimmer. Tiefe Nacht. Irgendwas zwischen Gestern und Morgen. Sie müsste sich mal die Augen wischen. Aber dann müsste sie die knochige Hand des Greises loslassen, die sie mit ihren beiden Händen gepackt und festgehalten hatte, als Lornsen ihr mit brüchiger Grabesstimme den Weg aus dem Bunker geschildert und dabei gezittert hatte wie unter Strom. Svenja ließ die Tränen einfach laufen. Scheiß auf Wimperntusche. Scheiß auf die Uhrzeit. Zeit heilte gar nichts. Für Lornsen jedenfalls nicht.

Ihr Kittel war zugeknöpft bis obenhin. Die dunklen Locken bedeckte eine improvisierte Mütze aus Räucherfisch-Verpackungsfolie, mit dem gleichen Material waren ihre Finger umwickelt. Sie würde sich sogar in einen ausgehöhlten Fischbauch zwängen. Leider waren alle Fische an Bord des Containers bereits so steif vor Kälte, wie es Harry keinesfalls werden wollte.

Nachdem sie wie eine Verrückte gegen die Wände ihres eiskalten Gefängnisses getrommelt und sich heiser geschrien hatte, kreisten ihre Gedanken nur noch um die Überlebensfrage: Wie kann ich es hier aushalten? Die neue Folienmode allein würde es nicht bringen. Möglicherweise müsste sie noch etliche Stunden der Eiseskälte widerstehen, die sie jetzt schon kaum noch aushielt. Bis zum Schichtende in der Firma Jansen würde Henning sie nicht vermissen – vorher war von ihm keine Hilfe zu erwarten.

War es das? Tiefgefroren zwischen ein paar toten Heringen, um später irgendwo abgekippt, versenkt, verscharrt zu werden? Harry schwebte nicht zum ersten Mal in ihrer Polizeilaufbahn in Gefahr. Aber es war das erste Mal, dass sie sich wirklich hilflos fühlte. Wie bei Ebbe gefesselt eingegraben sein und die Flut auflaufen sehen. Gib auf, bohrte eine kleine Stimme in ihr, lass los ... Nein!, schrie ihr Kämpferherz. Mach was! Beweg dich! Halt dich warm!

Da hinten standen Kisten mit Räucherfisch, vielleicht zwanzig Stück. Harry ging hin, packte sich grimmig die oberste Kiste vom Stapel, schleppte sie einmal durch die ganze Länge des Containers und setzte sie ab. »Eins.«

Sie ging zurück und holte die nächste Kiste. »Zwei.« Gar nicht so leicht, das Ding. Sie stapelte die zweite Kiste auf die erste und reckte sich. Von ihrem Kittel rieselten Frostkristalle. Vergiss es, bohrte die kleine Stimme ...

Nachts um drei in einem feuchtkalten Auto, müde und nix im Bauch. Was für ein bescheuerter Beruf, dachte Henning Schulz und wusste doch, dass er nichts anderes sein wollte als das, was er war. Bei allem Leerlauf gab es immer wieder diesen Kitzel des »was wäre, wenn ...« – dieses Überraschungsmoment, in dem man plötzlich voll da sein musste, einen Tick besser als die anderen. Dann galt es, auf Anhieb alles zu geben, und so etwas liebte Henning.

Trotzdem ist die Warterei öde, dachte er. Vor allem, wenn man nicht mal weiß, worauf man eigentlich wartet. Na gut, auf Harry, aber die kommt erst in drei Stunden. Wahrscheinlich wieder todmüde, wie er ja auch. Und dann hätten sie mal wieder eine gemeinsame Nacht hinter sich, ohne sie gemeinsam verbracht zu haben. Wir sind so viel zusammen, überlegte er, aber wir haben es nie richtig zusammen versucht. Ich weiß nicht einmal, ob ich sie liebe! Ich kenne sie, und sie kennt mich so verdammt genau ... Sie ist manchmal so stur. So gnadenlos kritisch. So zäh! So süß. So vertraut. Und überhaupt nicht wegzudenken.

In drei Stunden kommt sie die Einfahrt hinunter, mit ihren kleinen, schnellen Schritten. Dann muss ich mir wieder anhören, wie sie schuften musste, während ich mir hier draußen einen lauen Lenz gemacht habe ... Henning grinste. Wenn sie nur schon bei ihm wäre!

Es roch nach Feuer. Er hörte es knistern und knacken. Seine Wange lag auf etwas Glattem – Leder. Gepolstert. Feuer im Kamin. Rijkhoffs Salon! Dirk kämpfte sich innerlich durch watteweichen Nebel, der auf seinen Sinnen lag. Sein Kopf schmerzte. Das vergaß er sofort wieder, als er blinzelnd die Lider öffnete: Eine bleiche Fratze beugte sich über ihn, die Augen in tiefen Höhlen und der Mund ein scharfer Strich.

»Liegen bleiben!«, klang es rau.

Dirk schob sich, leise stöhnend, auf dem Ledersofa zurecht und stellte dabei fest, dass seine Hände auf dem Rücken zusammengebunden waren. Er warf einen zweiten Blick auf die bedrohliche Gestalt vor ihm und rang sich ein schiefes Grinsen ab. »Nimm die blöde Tüte runter, Jörn ...«

Die Gestalt erstarrte – dann zog sich Grothe ruckartig die Leinentasche vom Kopf, in die er Löcher für Augen und Mund geschnitten hatte.

»Sie kennen den Mann?«

Das kam von der Seite. Dirk wandte mühsam den lädierten Kopf und entdeckte Richard und Gabi van Rijkhoff, ebenfalls in Fesseln, auf einem zweiten Sofa. Beide schienen unverletzt zu sein. Wenigstens etwas, dachte Dirk. Bis jetzt. Er konzentrierte sich wieder auf Grothe, der sich jetzt in einen Sessel fallen ließ und demonstrativ eine kleine schwarze Pistole vor sich auf den Tisch legte.

»Was hast du vor, Jörn?«

Grothe antwortete nicht. Statt seiner ließ sich Rijkhoff vernehmen. »Er will eine Million Euro, in bar! Gabi soll es morgen nach Öffnung der Bankschalter abholen!« Dirk ließ Grothe nicht aus den Augen.

Der Mann im Sessel funkelte ihn an. »Glaub nicht, dass du was daran änderst! Ich zieh das durch, Matthies!«

Dirk hielt seinem Blick stand. »Wie 1977? Das Ding im Abwasserkanal?«

Grothes Gesicht verlor jede Farbe, seine Stimme war nur ein Flüstern. »Was weißt du davon?«

Der Polizist nickte zu den Rijkhoffs hinüber, die Augen weiter fest auf Grothe gerichtet. »Sie wissen nicht, was sie an Britta verloren haben – aber du weißt es ganz genau, nicht wahr?«

»Hat er meine Tochter ermordet?« Rijkhoff lag das Entsetzen in der Stimme.

»Halt den Mund!«, fuhr ihn Grothe plötzlich an, sprang auf und fuchtelte erregt mit der Pistole vor Rijkhoffs Gesicht herum. Das Ehepaar drückte sich verängstigt in die Rückenpolster. »Ich hätte ihr nie etwas zu Leide getan!«

Beschäftige ihn. Halt ihn auf Trab, bevor er durchdreht! »War es deine Idee, die Hansekasse auszurauben? Sie hätte so was doch gar nicht nötig gehabt.«

Jörn fuhr zu ihm herum. »Das Geld wäre nicht für uns gewesen! Es sollte ...« Er hielt inne und wischte sich müde übers Gesicht. »Du verstehst das nicht.«

»Wir haben viel Zeit, bis die Banken öffnen.« Dirk versuchte, Gelassenheit zu verbreiten. Halt ihn am Laufen. Mehr ging nicht. Die Fesseln saßen zu fest. »Wie war Britta? Wo hast du sie kennen gelernt?«

Grothe atmete tief durch. Wenigstens steckt er die Pistole wieder ein, registrierte Dirk erleichtert.

»In der Bank, am Billhorner Röhrendamm ...«

Sie war ihm lange nicht aufgefallen. Ihm fiel überhaupt nicht viel auf, weil er selbst nicht auffallen wollte. Bloß nichts verkehrt machen! Er hatte gerade erst seine Lehre durch, in einem Beruf, den er sich nicht ausgesucht hatte. Er hatte sich noch nie etwas ausgesucht. In der Schule war er keine Leuchte gewesen, und sein Vater meinte: Bank, das sieht wenigstens ein bisschen nach was aus – wenn schon der Junge nach nichts aussieht, haha.

Sie sah aus wie ein Goldengel, mit blonder Mähne und tiefbraunen Augen, die einen nicht losließen, wenn man mit ihr sprach. Ein Racheengel, aber das bemerkte er erst, als er in der Bank über ein loses Kabel stolperte und den Schreibtisch seines Filialleiters mit Kaffee flutete. Die heftige Schimpfkanonade des Chefs verstummte abrupt, als sich plötzlich eine junge löwenmähnige Frau vor ihm aufbaute und ihn vor aller Augen herunterputzte: Das sei ja wohl typisch, dass Männer seines Schlages Machtpositionen ausnützten, um Untergebene zu schikanieren!

Sie nahm nichts hin. Sie gab nie auf. Sie wollte alles ändern, und zuerst änderte sie ihn. Sie öffnete ihm die Augen für die Welt, für die Schönheit des Römischen

Gartens an der Elbe ebenso wie für die Villen der Reichen darüber, wo Menschen wohnten wie ihr Vater, den sie verabscheute. Die Mutter betrogen bis zu ihrem frühen Tod. Geld, Macht und Sex, alles andere unwichtig. Sein Geld mit Schiebereien gerafft, immer auf dem Rücken anderer Leute. Aber jetzt würde alles anders. Alles sei auf dem Weg. Die Kämpfer der »Rote Armee Fraktion« würden den Dreck aus der Republik spülen!

Die RAF war Jörn egal. Für ihn bedeutete Britta mehr als alles andere zusammen. An ihrer Seite quälten ihn keine Fragen. Sie hatte immer eine Antwort. Sie war die Antwort.

Dann kam der Herbst. Schleyer und Mogadischu. Die Toten in Stammheim. Ihre Verzweiflung: Die Organisation brauchte Geld! Und ihr Plan: Das Gebäude, in dem Jörn arbeitete, gehörte Brittas Vater. Sie hatte alte Baupläne kopiert und unter falschem Namen die Garage angemietet, unter der ein Schacht in das alte Siel führte. Jörn kannte die Keller der Hansekasse. Das Geld wäre ihre Eintrittskarte in den inneren Zirkel. Sie würden dazu gehören, alle beide!

Sie kamen nicht einmal bis zur Grundmauer der Bank. Der Boden zwischen Siel und Hauswand steckte voll massiver Trümmerstücke, und dann gab es einen Erdrutsch. Von Britta sah er plötzlich nur noch die Füße, und die bewegten sich nicht mehr. Er grub mit allem, was er hatte, bis sich ihr zermalmter Körper aus dem Stollen löste – nur der Körper. Ihr Kopf steckte hinter einem zerfetzten, scharfkantigen Stück Stahl. Er barg ihn mit bloßen Händen, ließ den Körper liegen und floh zum Aufstiegsschacht. Erst hier kam er einigermaßen zur Besinnung. Er legte das Haupt auf den Boden, ging zurück und sammelte alles ein, was sie an Werkzeugen mitgebracht hatten. Ihren blutigen Körper ließ er, wo er war. Oben gab es für sie keinen Ort, der sicherer vor Entdeckung war als dieser. Er schlug einen weiten Bogen um die Stelle, wo der Schein seiner Lampe auf die lehmverschmierte Löwenmähne fiel. Er tarnte den Einstiegsschacht und verkroch sich in seinem kleinen Dasein, das er ohne sie nie verlassen hätte.

Dafür verließ sie ihn nie.

Die Flammen knisterten, ein Scheit knackte und spie eine Eruption glühender Funken auf die steinernen Fliesen vor dem Kamin. Der Mann im Sessel saß still und in sich gekehrt.

»Was für ein Wahnsinn!«, flüsterte Rijkhoff.

»Gib auf, Jörn!« Dirk sah den Mann im Sessel eindringlich an. »Du machst es immer schlimmer!«

Grothe schüttelte den Kopf, traurig, aber bestimmt. »Schlimmer geht nicht, Matthies.«

Sie bekam kaum noch die Füße vom Boden. Ihre Arme waren taub wie totes Holz. Harry war am Ende ihrer Kräfte. Trotzdem ließ sie die Kiste nicht los. Wie oft sie die Dinger von einer Wand zur anderen gestapelt hatte, vermochte sie nicht mehr zu schätzen. Noch zwei Meter ... einer ... Die Kiste rutschte aus ihren mit Kittelfetzen und Folie umwickelten Händen und krachte zu Boden. Harry stierte dumpf auf aufgeplatztes Holz und tote Fische.

Leg dich endlich hin!, gellte es in ihr. Du bist müde! Was tust du dir an? Leg dich hin, dann lassen die Schmerzen nach ... Eiskristalle. Heißer Atem – noch. Henning. Komm endlich!

Lass die Schinderei! Lass das Denken ... Denken. Ihr Kopf musste funktionieren. Nicht nur den Körper bewegen, Hariklia. Denke! Henning. Hennings Rätsel! Wie war das? Heini und Erika liegen tot am Boden. Tot. Wäre sie auch ganz schnell, wenn sie sich jetzt hinlegen würde! Der Teppich unter ihnen ist nass. Außerdem ein zerbrochenes Glas ...

Sie raffte eine neue Kiste.

Gib mir den Schlüssel! Ich will zu Sanna!

Das durfte nicht sein. Sie will es nicht! Aber was sollte er tun? Richard wird sie verraten!

Lornsen schnappte verzweifelt nach Luft, seine Bauchdecke verkrampfte sich. Jemand griff nach seiner Hand, hielt sie fest ... Er kannte das Gesicht. Die Polizistin! Keine Uniform. Sie ist gut zu mir.

»Sven-ja ...«

Sie hielt seine Hand, sah in die weit aufgerissenen Augen des Alten und spürte seine Angst. Er hatte eine ganze Zeit lang geschlafen, fast ruhig, aber jetzt schienen alle verbliebenen Energien in ihm aufzuflackern wie ein verlöschendes Kerzenlicht.

»Richard soll sie in Ruhe lassen!« Er hustete krampfend. »Er darf Sanna nichts tun, das müssen Sie ihm sagen! Versprechen Sie das?« Lornsen raffte seine Kräfte zu einem schwachen, beschwörenden Händedruck zusammen. »Versprechen Sie mir das?«

»Ja. Versprochen.«

Er sackte zurück und schloss die Augen. Da war der Milchladen. Und da die Bäckerei. Die Kastanie dahinter konnte er fast bis zur Spitze hochklettern. Er brauchte nur bis zum fünften Ast, dann kam er rüber auf die Mauer, genau bei der flachen Stelle. Wenn er auf dem Rücken lag, so wie jetzt, zogen über ihm die Wolken, weiß auf blauem Himmel. Dieser Sommer ist wirklich schön. Wie Sanna. Da ist ihr Fenster. Da ist sie selbst! Sanna ...

Svenja sah das Lächeln auf dem Gesicht des Alten. Es blieb, selbst als sein röchelndes Atmen längst verstummt war. Sie stand auf, stellte behutsam den Stuhl unter den Tisch und verließ leise das Zimmer, als könnte den Mann auf dem Krankenbett noch irgendetwas in seiner Ruhe stören.

Die Stadt erwachte zum Leben. Auch am Schwedenkai rollte jetzt der Verkehr. Lieferwagen, Lkw, Menschen auf dem Weg zur Arbeit. Aus der Einfahrt des Fischgroßhandels Jansen quoll ein ganzer Pulk lebhaft aufeinander einredender Frauen und zog an Henning vorbei, der verfroren auf der Motorhaube seines Wagens hockte und in sehnsüchtiger Erwartung zum Firmeneingang hinüberpeilte. Nun darf sie aber mal langsam antraben, fand er und rieb sich die klammen Finger.

Nach fünf weiteren Minuten war Harry noch immer nicht in Sicht, und Henning verspürte plötzlich ein mulmiges Gefühl in der Magengrube – was mit seinem Hunger rein gar nichts zu tun hatte. Irgendetwas stimmte da nicht!

Da tauchte doch noch eine Nachzüglerin auf – leider nicht Harry, stellte er enttäuscht fest. Eine Frau mit gutmütigem, rundem Matronengesicht. Als sie an ihm vorbeiwollte, sprach Henning sie kurz entschlossen an. »Entschuldigen Sie, ich möchte meine Frau abholen! Frau Möller, sie hat heute erst ihre zweite Schicht gehabt – ist sie noch drinnen?«

Die Frau war verblüfft. »Oh ... Nein! Der Chef hat gesagt, Ihrer Frau ist schlecht geworden! Sie hat gekündigt und ist nach Hause gegangen!« Sie sah Hennings Bestürzung und deutete sie prompt falsch. »Bitte, seien Sie Ihrer Frau nicht böse! Mit dem Fisch und so, das verträgt nicht jede, wissen Sie.« Kopfschüttelnd sah sie dem Mann nach, der schon in vollem Lauf auf den Firmeneingang zustürzte. »Wenn die Kerle die Kohle so dringend brauchen, sollen sie doch selber arbeiten ...«

Günther Jansen, gefolgt von dem kantigen Petersburger, betrat den leeren Umkleideraum und sah sich um. »Alle weg, endlich!«

Igor grinste seelenruhig. »Allmählich müsste das Weib steif sein wie ein Fischstäbchen!«

Was ist das für ein Mensch?, dachte Jansen. Er selbst konnte kaum noch seine Hände ruhig halten. Wo war er da bloß hineingeraten? Er hatte doch nur ein bisschen Geld machen wollen! Mehr als ein bisschen, klar: Der Schwarzmarktpreis für echten Beluga-Kaviar liegt bei 1200 Euro pro Kilo, da ist ein Riesenprofit drin. Und Igor und seine Leute liefern jede Menge! Aber Mord ... Wenigstens hatten die Kolleginnen seine Erklärung geschluckt. Es kam ja wirklich öfter vor, dass jemand Knall auf Fall kündigte. Die Arbeit im Fisch konnte nicht jede ab. Nur, man würde die Frau suchen. Bestimmt irgendwann auch hier in der Firma. Er brauch-te ein anderes Lager für den Kaviar. Jansen wischte sich den Schweiß von der Stirn. »Du regelst das mit der Frau, Igor – ich will damit nichts zu tun haben!«

Igor schmunzelte. Der Jansen! Hosen gestrichen voll! »Ganz cool bleiben, Chef! Jetzt holen wir erst mal ihre Sachen aus dem –«

In diesem Moment stürmte ein Mann zur Tür herein – in der einen Hand einen Ausweis, in der anderen die Dienstwaffe. »Polizei! Wo ist Hariklia Möller?«

Jansen stand wie vom Donner gerührt. »Polizei?«

»Immer langsam ...«, versuchte Igor zu beruhigen und schob sich unauffällig in Richtung Tür. Henning reagierte blitzschnell: Ein rascher Griff, dann klickten die Handschellen. Ruppig fixierte er den Gefangenen an einem massiven Heizkörper, tastete ihn rasch ab und zog dem Petersburger die Pistole aus der Tasche.

Harry, fuhr es Henning durch den Sinn. Das darf nicht sein! Wütend drückte er den angststarren Jansen hart gegen die Wand und schrie: »Wo ist sie?«

»Sie ... sie hat ihre Sachen gepackt und ist einfach gegangen! Ihr ist schlecht geworden! Die Fische, verstehen Sie ...« Jansen beobachtete geschockt, wie der Polizist ein Handy aus der Tasche zog und ihn dabei nicht aus dem Blick ließ. Diese Augen ... der Mann würde ihm am liebsten sonst etwas antun, Jansen war sich ganz sicher. Wo war er da bloß hineingeraten?

Henning drückte eine Festtaste und wartete, dass sich die Verbindung aufbaute. Geh ran, Harry! Wo bist du? Geh ran!

Plötzlich ertönte neben ihm das gedämpfte Klingeln eines Handys – alle Blicke flogen zu dem Spind, aus dem die Töne drangen!

Schon packte Hennings Faust zu, sein Griff schüttelte Jansen gewaltig durch. »Ihr Handy! Sie ist noch hier! Du sagst jetzt, wo!«

»Halt die Klappe, Chef!«, grollte Igor und riss vergeblich an seinen Handschellen.

Jansen knickten fast die Knie ein vor Angst. »Ich bring Sie hin ...«

Nur Momente später stürmten sie auf die Rampe, Henning schleifte den Fischhändler beinahe am Boden hinter sich her.

»Der Laster da ...«

Fieberhaft hämmerte Henning auf die Verschlüsse der Containertür ein, bis die Riegel endlich aufknallten. Frostnebelschwaden waberten aus der Luke – dahinter wankte ihm plötzlich eine geisterhafte Erscheinung entgegen: eine Gestalt, schneeweiß mit Eiskristallen überzuckert, in Plastik gehüllt, aber unzweifelhaft ...

»Harry!«

Sie fiel ihm in die Arme und vergrub einen Moment lang den Kopf an seiner Brust. Dann hob sie das blasse Gesicht und stieß zähneklappernd aus: »Das zerbrochene Glas ... ist ein Aquarium ... Heini und Erika... sind Fische ...«

Es war schön hier im Wald. So friedlich. Svenja Menzel atmete tief die frische Morgenluft. Das tat gut nach der Nacht in Lornsens Krankenzimmer. Wahrscheinlich waren sie schon dabei, es auszuräumen. Der Nächste, bitte.

Das war der Lauf der Dinge. Man sollte jeden Traum bewahren – wie Herbert Lornsen, der seine paar Tage Glück durch den Wahnsinn eines ganzen Lebens hindurch bewahrt hatte. Leider kosten ein paar Tage Glück manchmal auch den Verstand, dachte Svenja. Siehe Lornsen. Manchmal kann Vergessen auch eine Gnade sein. Richard van Rijkhoff schien dafür besonderes Talent zu haben. Flexible Persönlichkeiten besaßen vor allem ein flexibles Gedächtnis. Obwohl – wenn man daran dachte, wie Rijkhoffs Hand am Jackettrevers bei der Erwähnung des Namens Sanna gebebt hatte ...

Sie hatte ihren Wagen einige hundert Meter vor dem schmiedeeisernen Tor des Rijkhoff'schen Anwesens geparkt. Ein paar hundert Meter frische Luft und Bedenkzeit. Lornsen war tot. Sanna schon lange. Wem würde es etwas bringen, wenn Svenja jetzt bei einem höchst wohlhabenden und vermutlich ziemlich einflussreichen Bürger klingeln würde, um ihn – sozusagen posthum – zu ermahnen, die Finger von der Frau zu lassen? Andererseits hatte sie es Lornsen versprochen. Und wenn sie nicht an diesem Morgen die Courage dafür aufbringen würde, wann sonst?

Da ist das Tor. Da die Klingel ...

Das Schellen schreckte Dirk aus seinem Dämmerzustand auf. Sein Kopf schmerzte, und die Fesseln hatten sich kein bisschen lockern lassen. Jörn Grothe hatte auf nichts mehr reagiert und nur noch geschwiegen. Vom Sofa der Rijkhoffs aus vernahm man nur ab und an das unterdrückte Schluchzen der Frau.

»Du solltest dich mal darum kümmern, Jörn!«, empfahl der Polizist. Seine Stimme klang rau.

Grothe stand auf und blickte hinaus in den Park. Es schellte penetrant weiter. »Wo ist der Monitor für die Türkamera?«

»In der Eingangshalle«, erwiderte Rijkhoff schwach.

Grothe winkte energisch mit der Pistole. »Alle mitkommen!«

Mit steifen Gliedern erhoben sich die Gefesselten und taumelten vor Grothe durch die Flure. Der Mann mit der Pistole achtete gut darauf, genügend Abstand zu lassen, um nicht überraschend angerempelt zu werden. Leider, ärgerte sich Dirk.

Als Erstes hörte Svenja ein Surren. Dann sah sie, wie das Kameraauge in ihre Richtung schwenkte und auf ihr verharrte. Sie lächelte unverbindlich, sagte aber nichts.

Im Haus erfasste der Monitor das Bild einer jungen, leger gekleideten Frau, die freundlich lächelnd in die Kamera blickte. Svenja!, durchfuhr es Dirk wie ein Blitz. Was macht die hier? Wie kann ich ihr sagen ...

»Wer ist das?«, bellte Grothe nervös.

»Die Haushälterin!«, erklärte Dirk spontan und zwinkerte Rijkhoff diskret zu. »Wie heißt sie doch gleich? Frau ...«

»Reimers«, ergänzte Rijkhoff stockend.

»Schicken Sie sie weg!« Grothe legte schon die Hand ans Mikrofon und sah den Hausherrn auffordernd an.

»Ohne Auftrag?«, mischte Dirk sich ein. »Einfach so? Ganz schön verdächtig!« Er spürte Grothes leichte Verunsicherung und setzte nach. »Wir haben noch zwei Stunden bis zur Banköffnung. Ich habe Hunger! Du solltest auch etwas essen, Jörn – wer weiß, wann du wieder etwas kriegst, wenn du erst mal auf der Flucht bist ...«

Grothes Blick flackerte leicht, aber er fing sich wieder. »Also bitte!«

Dirk wies auf den Monitor. »In Blankenese ist ein Bäcker. Wir bestellen bei ihr ein paar belegte Brötchen. Sie soll sie holen, draußen vor die Haustür legen und dann einen freien Tag nehmen. Rijkhoffs haben Geschäftsbesuch und wollen ungestört bleiben! Gut?«

Grothe musterte ihn forschend – dann nickte er.

Svenja gefror allmählich das Lächeln. Frechheit, mich hier mit der Kamera zu beglotzen, ohne die Wechselsprechanlage zu betätigen! Ein Grund mehr, diesem unverschämten Kerl eins reinzureiben!

Plötzlich rauschte es im Lautsprecher. »Frau Reimers?«

Reimers? Svenja beschloss, das freundlich zu ignorieren. Wenn Rijkhoff neuerdings Tomaten auf den Augen hatte, war das nicht ihr Problem ...

»Bitte fahren Sie zum Bäcker in der Blankeneser Bahnhofstraße und bringen uns ein paar belegte Brötchen ...«

»Mit Marmelade! Erdbeere oder Johannisbeere!«, rief jetzt jemand dazwischen. Dirk? Das war Dirk! Es rauschte kurz, dann meldete sich Rijkhoffs Stimme wieder: »Wir haben hier eine geschäftliche Besprechung. Bitte legen Sie die Brötchen vor die Tür, dann haben Sie frei bis morgen. Verstanden?«

Svenja nickte verwirrt. Ihre Gedanken rasten. Was sollte das? Sie kniff die Augen zusammen und starrte angestrengt durch das Tor. Vom Haus war von hier aus kaum etwas zu sehen. Allerdings bildete sie sich ein, am Ende der Auffahrt dunkles Blech in der Morgensonne blitzen zu sehen. Dirks Mercedes?

»Frau Reimers? Worauf warten Sie?«

Svenja riss sich zusammen. »Brötchen, Blankenese – jawoll!«

Sie machte auf den Hacken kehrt und eilte zu ihrem Wagen. Erdbeere oder Johannisbeere. Dirk konnte Marmelade nicht ausstehen! Hatte er selbst gesagt, als sie sich für heute zum Frühstück verabredet hatten. War das wirklich erst gestern gewesen? Seine Worte dabei klangen ihr im Ohr: »Morgens Marmeladenbrötchen, da kannst du für mich gleich die Polizei rufen!«

Das schien eine echt gute Idee zu sein.

Das Feuer im Kamin war längst erloschen. Sie hatten ihre alten Plätze wieder eingenommen. Dirk vermeinte das Ticken der Standuhr von nebenan bis in den Salon hinein zu hören. Hoffentlich hatte Svenja seinen Wink begriffen! Allmählich spürte er jeden Knochen im Leib vom langen Sitzen. Grothe machte auch nicht mehr den frischesten Eindruck. Er hing in seinem Sessel und stierte nach draußen. Beschäftige ihn, dachte Dirk. Falls sich draußen etwas tut, soll Jörn es so spät wie möglich bemerken! Er fühlte längst kein Mitleid mehr für den Mann. Die eigentlich Betrogene in diesem üblen Spiel war Grothes Frau. Petra hatte ihre Kraft investiert und war doch nur eine Krücke für Jörn gewesen – die ewige Zweitbesetzung für einen Schattengeist, von dessen Existenz sie nicht mal etwas ahnte. Würde sie das verkraften? »Was ist mit Petra, Jörn? Und mit deiner Tochter?«

Er zuckte die Achseln und schwieg eine Zeit lang. »Für die bin ich eh ein Versager. Schon immer gewesen. Es ist besser für sie, wenn ich weg bin.«

Da dürftest du ausnahmsweise mal richtig liegen, dachte Dirk.

»Du denkst das doch auch!«, fuhr ihn Grothe plötzlich an. »Alle haben das immer gedacht: Was will die sonnige Petra mit diesem depressiven Hanswurst! Von Anfang an haben das alle gedacht!«

Stimmt. Dirks Schuldgefühl deswegen hielt sich allerdings in Grenzen. Halt ihn auf Trab ... »Jörn, glaubst du wirklich, du kommst mit dem Geld weg? Auf Dauer?«

Seine Augen verengten sich zu schmalen Schlitzen. Er grinste kalt. »Meinst du, meine Chance erhöht sich, wenn ich euch alle erschieße?« Er peilte über den Lauf seiner Pistole direkt in das Auge des Polizisten. Der zuckt nicht mit der Wimper, erkannte Jörn und fühlte den Neid in sich aufsteigen. Einmal so ruhig bleiben können! Einmal so sicher sein, das Richtige zu tun, selbst wenn man gar nichts tun kann! Wie konnten sich alle immer so sicher sein? Sogar ein Widerling wie Rijkhoff fühlte sich immer im Recht! Einmal nur das Richtige tun. Vielleicht hätte es sein Leben verändert. Er ließ die Pistole sinken und sah hinaus in den Park. Ein Morgen im Frühling, die Verheißung der Zukunft ...

»Wo hast du den Schädel versteckt, Jörn?«

Seine stille Andacht. Wie immer, wenn es ihm besonders schlecht ging. Ein Gedenken über ihrem schaurigen Mausoleum, eine rote Rose als Gruß in die Unterwelt. Dann brach plötzlich die Erde auf, nach so vielen Jahren! Der alte Eingang war noch da, trotz der Baustelle. Er musste einfach hinab zu ihr. Und konnte es nicht zulassen, dass der Polizist ihr blankes Haupt entweihte! So hatte er das Licht gelöscht und war geflohen, mit ihr ...

»Wo hast du ihn hingebracht, Jörn?«

Vom Sessel aus konnte er den Baum sehen, den Stamm und die kugelförmige Krone. Und dann sah er noch etwas ...

Er lächelte sanft, ohne den Blick abzuwenden. »Sie ist hier. Der zehnte Baum rechts an der neuen Ahornallee. Die Gärtner hatten netterweise bereits die Grube ausgehoben, als ich neulich hier war.«

»Oh Gott!« Das kam von Rijkhoff.

Typisch. Schert sich nicht um den Teufel und jammert »Oh Gott!«, dachte Grothe und beobachtete interessiert die Bewaffneten in Uniform, die sich hinter der Allee, den Sträuchern und Zieranlagen vorsichtig in Stellung brachten. Einmal bloß das Richtige tun ...

Da geht was vor, erfühlte Dirk instinktiv und sah, wie der Mann im Sessel langsam wieder die Pistole hob und ihn angrinste.

Einmal das Richtige. Grothe setzte sich die Waffe an den Kopf und spürte plötzlich wieder Zweifel. Es ändert sich nie, war sein letzter Gedanke – dann drückte er ab.

In den Aufschrei der Gefesselten mischte sich das

Splittern von Glas, als die Uniformierten aus dem Park durch die Fensterfront hereinbrachen. Hinter ihnen drang Svenja nach, geschützt durch eine kugelsichere Weste. Sie fand Dirk hinter dem Sofa, aus dem er instinktiv gehechtet war, als das Chaos losbrach. Rasch löste sie seine Fesseln. Er setzte sich auf, rieb sich die Handgelenke und warf einen langen Blick auf den reglosen Körper vor dem Kamin. Dann drängte er Trauer und Hilflosigkeit mit einem tiefen Atemzug weit hinab in einen unzugänglichen Teil seiner Seele.

Er wandte sich seiner Partnerin zu, musterte sie von oben bis unten und zog fragend die Brauen hoch.

»Keine Brötchen?«

Es dauerte, bis der Betrieb im 14. Revier wieder rund lief. Harry verbrachte ein paar Tage im Krankenhaus, bis ihre Unterkühlung auskuriert war. Henning ging ihr auf den Geist, indem er keine freie Minute von ihrem Krankenbett wich und sie mit Rätselgeschichten unterhielt. Bernd Voss und die Kollegen des Reviers kamen mit flauen Sprüchen über Tiefkühlkost und einer Jahreskarte für die Sauna.

Lothar Krüger erlebte seinen Frühling mit Gunda Siebert, Philip Caspersen ein blaues Wunder, als es sich Frau Helga Behnke nicht nehmen ließ, den Herrn Wachtmeister Kasperle persönlich auf der Wache zu beehren und ihn dortselbst – nach Dienstschluss, versteht sich – mit ihrem selbst fabrizierten Marillenlikör zu traktieren, bis ihm, fast buchstäblich, Hören und Sehen verging.

Rijkhoff hatte Dirk angefleht, über die Rolle seiner Tochter, ihren Tod und den Verbleib ihres Schädels zu schweigen. Er wollte einfach vergessen und wusste schon jetzt, dass ihm das nie mehr gelingen würde – dass sah man ihm an. Die Nachricht vom Tod Lornsens und dessen letzte Botschaft trafen ihn umso tiefer. Das letzte Bild, das Svenja und Dirk von ihm in Erinnerung behielten, als sie das Anwesen am Falkenstein nach dem Polizeieinsatz verließen, war der Anblick Rijkhoffs, der in düsteren Gedanken versunken vor dem Ahorn stand, unter dem der Schädel seiner Tochter nun für immer ruhen würde – ein gebrochener Mann.

Für die Kripo sah alles so aus, als hätte sich der arbeitslose Grothe die reichen Rijkhoffs mehr oder weniger zufällig als Opfer ausgewählt. Und Dirk sah keinen Anlass, diese Einschätzung zu revidieren. Es war gut für Petra, sich einreden zu können, nur am Ende sei alles zu viel gewesen für Jörn. Vielleicht kam sie aus dem Tief heraus. Die Tochter würde ihr helfen. Und wenn jemand sich an den eigenen Haaren aus dem Dreck ziehen konnte, dann war das »Suzie Sonnenschein«.

Kommissar Weber war noch einmal im Revier aufgetaucht und hatte berichtet, die Suche nach der Identität der Toten aus dem Siel würde, mangels neuer Erkenntnisse, nunmehr eingestellt.

»Was passiert mit dem kopflosen Skelett?«, wollte Svenja wissen, und Weber hatte erklärt, es werde aktenmäßig mit einem Fantasienamen bezeichnet und in einer gerichtsmedizinischen Asservatenkammer verschwinden.

»Bitte, dann nennen Sie es in den Akten ›Sanna‹ – würden Sie das für mich tun?«, hatte sie ihn gebeten. Weber hatte sich achselzuckend einverstanden erklärt und sich schleunigst verabschiedet – im festen Bewusstsein, dass die vom Vierzehnten fraglos alle einen kleinen Dachschaden hatten.

Dirk Matthies hängte die Dienstmütze in seinen

Schrank, verließ den Aufenthaltsraum der Wache und zupfte sich im Gehen den Hemdkragen zurecht. Plötzlich stutzte er: Vor ihm schob sich eine junge Frau in den Weg, deren schönes Gesicht nicht einmal die wüste Zottelfrisur darüber verunstalten konnte. Sie grinste ihn frech an. »Sitzt der Kragen?«

Dirk ließ den Blick über ihre Zotteln streichen. »Föhn explodiert?«

Sie streckte ihm schlagfertig den Arm entgegen, der jetzt nur noch in einem einfachen Verband steckte. »Nein, da ist ein Polizist draufgefallen!«

Jetzt grinste er auch. »Bestimmt nicht mit Absicht.« Dann blickte er suchend an ihr vorbei. »Heute ohne Giftzwerg?«

Inga Rosa lächelte. »Brunckhorst ist ein guter Manager. Meine Freizeit managt er nicht.«

Dirk runzelte die Stirn. »Das ist hier kein weiterer Versuch, mich zu überreden, in Ihrem Video den Clown zu machen, oder?«

»Nein!« Die Sängerin blickte beschämt zu Boden, dann sah sie ihm in die Augen – was für Augen, durchfuhr es Dirk ...

»Ich habe viel über Sie nachgedacht. Sie haben wirklich nicht geahnt, dass die beiden Riesenköter, die mich angesprungen haben, dressiert waren?«

Dirk schüttelte den Kopf.

»Haben Sie Angst vor großen Hunden?«

Dirk zögerte. Diese Augen! Er schüttelte andeutungsweise den Kopf.

»Das hab ich mir irgendwie gedacht.« Sie nagte an ihrer vollen Unterlippe und musterte ihn wie einen ganz besonders seltenen Vogel.

»Tja«, meinte Dirk unsicher. »Und nun?«

Sie strahlte ihn an und streckte ihm die gesunde Hand entgegen. »Was soll ich noch machen, du Trottel? Auf Knien ›Rette mich!‹ singen?«

Dirk verzog den Mund zu einem breiten Grinsen und nahm ihre Hand.

»Noch zu retten?«

Großstadtrevier

Wachgeküsst

ISBN 3-8025-3229-5

www.vgs.de